이해력이 쑥쑥
교과서 속담
100

어휘력 점프 4

이해력이 쑥쑥 교과서 속담 100

글 이지연 | 그림 이예숙

아주 좋은 날

이야기 속에 숨어 있는 속담을 찾아봐!

"우리 반 속담왕은 나야" 하는 자신감이 생길 거야!

속담이란 옛날부터 전해져 내려오는 교훈이나 풍자를 담은 짧은 구절을 말해. 비유와 재치 있는 표현이 많아서 재미있는 속담이 많지. 게다가 짧은 문장에 깊은 뜻이 담겨 있어서 상황을 길게 설명하지 않아도 무슨 말을 하려는지를 바로 이해할 수 있지.

영훈이와 민지의 대화 속에서 어떤 속담이 사용되었는지를 살펴볼까?

민지 : 단원평가도 끝났으니까 다음 시간에 자유 시간 하자고 할까?

영훈 : ❶ 고양이 목에 방울 달기잖아. 말했다가 선생님한테 야단맞으면 어떡하지?

민지 : 에이, ❷ 구더기 무서워서 장 못 담그겠어? 내가 해 볼게.

영훈 : 진짜? 왠지 네가 말씀드리면 허락해 주실 것 같아.

민지 : ❸ 떡 줄 사람은 생각도 않는데 김칫국부터 마시지는 말자.

여기서 ❶은 '선생님한테 말도 꺼낼 수 없는데 괜하게 의논만 하는 것은 아닐까?'의 뜻이고, ❷는 '미리 너무 안 좋은 쪽으로 생각하지 말자.'는 의미야. 그리고 ❸은 '선생님이 허락할지 안 할지도 모르는데 미리 기대하지 말자.'는 뜻이야.

만약에 속담을 쓰지 않고 이런 대화를 나누었다면 밋밋하고 재미가 없었을 거야. 그런데 적절하게 속담을 섞어 이야기하니까 대화가 아주 재미있어졌지. 이야기책을 읽거나 글쓰기를 할 때도 마찬가지야. 그래서 이야기책을 읽다가 속담이 나왔을 때 그 뜻을 이해하려면, 혹은 글쓰기를 할 때 속담을 넣어 재미있게 표현하려면 속담의 정확한 뜻을 알고 있어야 해. 그렇지 않으면 말이나 글 내용에 전혀 어울리지 않거나 엉뚱한 속담을 써서 오히려 안 쓰는 것만 못할 수 있어.

재미있는 이야기와 함께 100개의 속담을 읽다 보면 어떤 상황에서 그 속담을 사용하는지, 무슨 뜻으로 사용하는지를 쉽게 알게 될 거야.

이 100개의 속담을 한꺼번에 다 외우겠다는 욕심은 버려. 한 번 읽으면 속담의 뜻을 알게 되고, 두 번 읽으면 이야기책에 나오는 속담을 이해하게 되고, 한 번 더 읽으면 속담을 넣어서 글쓰기를 할 수 있을 거야. 책을 몇 번 읽으면 저절로 알게 되니까 따로 공부할 필요는 없어.

반에서 가끔 속담왕 퀴즈대회를 열잖아. 대회에 출전하고 싶은 친구라면 이 책을 두 번만 읽어 봐. "우리 반 속담왕은 나야!" 하는 자신감이 쑥쑥 자라날 테니 말이야.

차 례

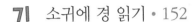

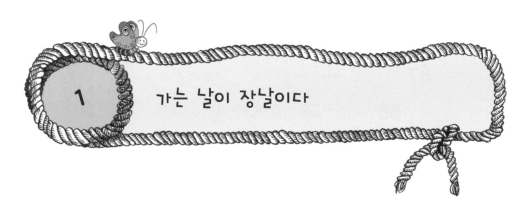

1 가는 날이 장날이다

무슨 뜻일까?

일을 보러 갔더니 생각지 않게 장이 서는 날이라는 뜻이야.

어떤 일을 하려고 하는데

뜻하지 않은 일을 우연히 당한다는 말이지.

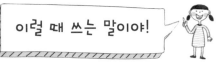

이럴 때 쓰는 말이야!

시험공부를 하려고 친구랑 마을 도서관에 갔어요.

가는 날이 장날이라더니, 내부 공사 기간이라는 안내문이 붙어 있었어요.

반대말이야!

'가는 날이 생일이다.'는 뜻밖에 좋은 일을 만났을 때 하는 말이야.

머피의 법칙이 뭐냐고?

자주 지나다니는 버스인데,

'가는 날이 장날'이라고 내가 타려고 기다리면

한참을 기다려도 오지 않을 때가 있어요.

축구 경기를 보다가 잠깐 화장실에 가면

꼭 그 틈에 결정적인 골이 들어가기도 해요.

이렇게 일이 우연히 나쁜 방향으로 흘러가는 것을

'머피의 법칙'이라고 해요.

미국의 공군인 머피 대위가 처음 말했다고 해서 붙여진 이름이에요.

반대로 우연히 좋은 일이 일어나는 것은 '샐리의 법칙'이라고 해요.

머피의 법칙은
일 년에 한 번만!
안 되나요?

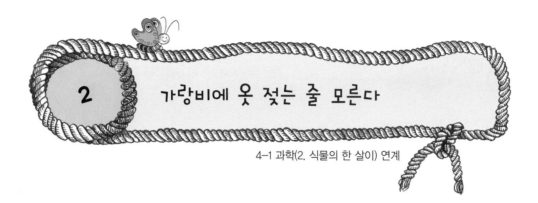

2 가랑비에 옷 젖는 줄 모른다

4-1 과학(2. 식물의 한 살이) 연계

무슨 뜻일까?

사소한 일들이 모이면 큰일이 된다는 뜻이야.

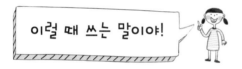

이럴 때 쓰는 말이야!

동생이 저금통을 흔들어 보더니 돈이 얼마 없다고 울상이에요.

"가랑비에 옷 젖는 줄 모르고 저금통에서 동전을 빼서 쓰더니!"

나는 고개를 절레절레 흔들었어요.

네 정체를 밝혀라

우리 반은 요즘 강낭콩 키우기를 하고 있어요.

내가 키우는 강낭콩이 무럭무럭 자라 기분이 좋았는데,

어느 날 이파리 뒤에서 까만색 점들을 발견했어요.

곧 없어지겠지 놔두었더니, 가랑비에 옷 젖는 줄 모르게

줄기까지 까만색 점들이 다닥다닥 붙어 있었어요.

알고 보니 까만색 점 모두가 해충이었어요.

이파리가 노랗게 변해 가기 시작하더니 하나둘씩 떨어졌어요.

결국 살충제를 뿌리고 줄기 일부분을 잘라낼 수밖에 없었어요.

우습게 생겼다고 친구들이 놀릴까 봐 걱정이에요.

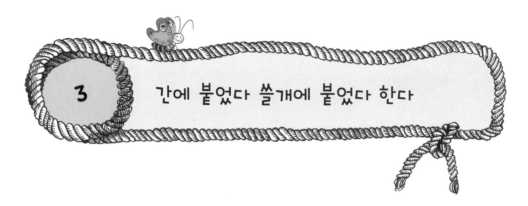

3 간에 붙었다 쓸개에 붙었다 한다

무슨 뜻일까?

간과 쓸개를 왔다 갔다 하듯이, 자기한테 이익이 되는 대로
이쪽저쪽 편을 바꾸는 사람들을 비유할 때 쓰는 말이야.

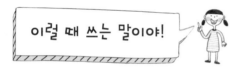

이럴 때 쓰는 말이야!

우리 집 막내는 가끔 간에 붙었다 쓸개에 붙었다 해요.
엄마가 업어 줄 때는 엄마가 제일 좋다고 하고, 아빠가 업어 줄 때는
아빠가 제일 좋대요. 그래도 엄마, 아빠는 막내가 예쁘대요.

이런 말도 있어!

'간담이 서늘하다.'는 소름이 끼치거나 오싹할 때 쓰는 말이야.
간담이란 간과 쓸개를 합쳐서 부르는 말이지.

박쥐는 왜 동굴에서 살까?

짐승들과 새들 사이에 전쟁이 벌어졌어요.

박쥐는 짐승 편이 이길 것 같으면 짐승 편에 섰고,

새들이 이길 것 같으면 새들 편에 섰어요.

그러던 어느 날 싸움에 지친 짐승들과 새들이 화해를 했어요.

그동안 간에 붙었다 쓸개에 붙었다 했던 박쥐는

결국 모두에게 버림을 받았어요.

그 뒤부터 어두운 동굴 속에서 숨어 살았대요.

4 갈수록 태산이다

무슨 뜻일까?

가도 가도 쉬운 길이 안 나오고, 힘든 길만 나올 때 쓰는 말이야.

하면 할수록 일이 점점 더 힘들어지는 경우를 뜻하지.

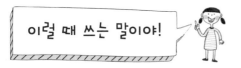

이럴 때 쓰는 말이야!

다음 주 시험을 앞두고 공부를 열심히 하고 있어요.

그런데 하면 할수록 공부할 것들이 점점 더 많아지는 것 같아요.

정말 갈수록 태산이에요.

비슷한 말이야!

'산은 오를수록 높고 물은 건널수록 깊다.'라는 말과 비슷한 뜻이야.

'산 넘어 산'이라는 말도 있지.

저도 규칙적인 생활을 하고 있어요

주호는 우리 반 지각 대장이에요.

수업이 시작되면 9시 10분 즈음에 드르륵 문을 열고 들어와요.

처음에는 선생님이 웃으면서 봐 주셨는데,

매일같이 지각을 하니 어느 날 혼을 내셨어요.

"어떻게 개학 첫날부터 하루도 빠지지 않고 지각할 수가 있니?"

"선생님께서 규칙적인 생활을 하라고 하셨잖아요."

주호가 모범생 같은 표정을 지으며 대답했어요.

"갈수록 태산이라더니! 선생님이 졌다!"

기가 막힌 주호의 대답에 선생님이랑 우리는 깔깔 웃고 말았어요.

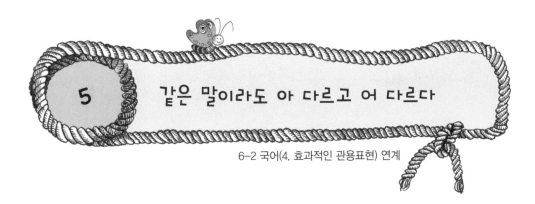

5 같은 말이라도 아 다르고 어 다르다

6–2 국어(4. 효과적인 관용표현) 연계

무슨 뜻일까?

비슷한 말이라도 듣기 좋은 말이 있고 듣기 싫은 말이 있으니
말을 가려서 해야 한다는 뜻이야.

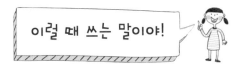

이럴 때 쓰는 말이야!

"같은 말이라도 아 다르고 어 다른데,
그렇게 말씀하시니 많이 서운해요."

비슷한 말이야!

'가는 말이 고와야 오는 말이 곱다.'는
내가 남에게 좋게 말해야 남도 나에게 좋게 말한다는 뜻이야.

똑같은 고기 한 근인데 왜 달라?

양반 두 명이 고기를 사러 정육점에 갔어요.

한 양반은 주인에게 "상근아, 고기 한 근만 다오."라고 했고,

다른 양반은 "김 서방, 고기 한 근만 주시오."라고 했어요.

고기를 받아 보니 먼저 주문한 양반의 고기 양이 훨씬 적었어요.

"야, 이놈아! 똑같이 고기 한 근씩인데 왜 내 것이 적은 것이냐?"

화가 난 양반이 따지자, 정육점 주인이 말했어요.

"손님 고기는 상근이가 자른 것이고,

저 분 고기는 김 서방이 잘라서 그렇습니다."

같은 말이라도 아 다르고 어 다르다고

말하는 태도에 따라

고기도 더 얻을 수 있다는

이야기예요.

상근이
네 이놈!

김 서방,
잘 먹겠소!

21

6 개구리 올챙이 적 생각 못한다

5학년 도덕(5. 웃어른을 공경해요) 연계

무슨 뜻일까?

어려웠던 시절을 잊고 처음부터 잘났다는 듯이 행동하는 것을 뜻해.

가난한 사람이 부자가 되거나 지위가 낮았던 사람이

지위가 높아진 경우에 옛날 일을 잊어버릴 때를 가리키는 말이야.

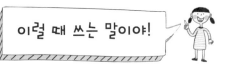

이럴 때 쓰는 말이야!

"민석이가 수학 시험에서 백 점 맞았다고 너무 잘난 척해."

"개구리 올챙이 적 생각 못하는 거지. 30점 맞았던 게 지난달인데."

비슷한 말이야!

'득어망전(得魚忘筌)'은 물고기를 잡고 나면 통발을 잊어버린다는

뜻이야.

요즘 애들은 버릇이 없다고요?

고대 이집트인들이 그린 벽화에는

'요즘 애들은 버릇이 없어 큰일이다.'라는 말이 써 있대요.

옛날이나 지금이나 어른들 눈에는

아이들이 늘 버릇이 없어 보이나 봐요.

하지만 그렇게 말하는 어른들도 어렸을 때는

버릇없다는 말을 듣고 자라지 않았을까요?

개구리 올챙이 적 생각 못한다는 말을 생각해서라도

어른들이 우리의 마음을 이해해 주면 좋겠어요.

> 너희는 펄쩍펄쩍
> 뜀뛰기 못한다며?
> 내 조카들이 확실해?

> 우리도 곧
> 뒷다리 나와요!

> 기억상실증에
> 걸린 게
> 틀림없어!

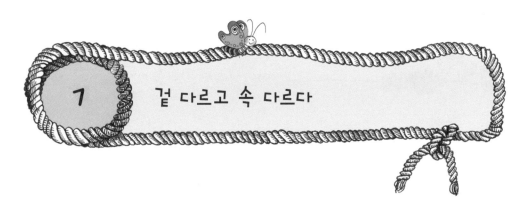

7 겉 다르고 속 다르다

무슨 뜻일까?

마음속으로는 좋지 않게 생각하면서

겉으로는 좋은 것처럼 행동하는 것을 뜻하는 말이야.

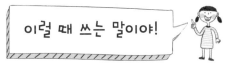

이럴 때 쓰는 말이야!

그 친구는 교실에서 늘 상냥하고 친절했어요.

그런데 학교 밖에서 친구의 돈을 빼앗다가 선생님한테 걸렸대요.

겉 다르고 속 다른 모습에 얼마나 놀랐는지 몰라요.

비슷한 말이야!

'표리부동(表裏不同)'은 겉과 속이 다르거나

말과 행동이 다르다는 뜻이야.

24

실망하고 싶지 않아

우리 반 회장인 지호는 아이들에게 인기가 많아요.

어떤 부탁을 해도 웃으면서 "그래, 좋아."라고 대답하거든요.

선생님도 그런 지호를 늘 칭찬했어요.

그런데 지호는 나한테 친구들 흉을 볼 때가 많아요.

겉 다르고 속 다른 모습에 내가 얼마나 실망했는지

지호한테 말해 줘야 할까요?

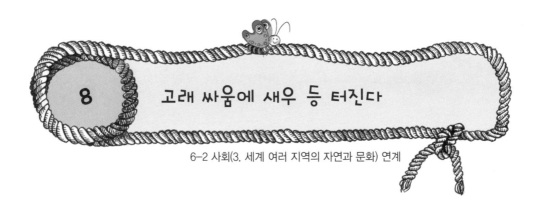

8 고래 싸움에 새우 등 터진다

6-2 사회(3. 세계 여러 지역의 자연과 문화) 연계

무슨 뜻일까?

강한 것끼리 싸우는 통에 아무 관계없는 약한 것이 중간에 끼어
피해를 보는 상황을 가리켜 하는 말이야.

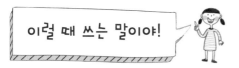

이럴 때 쓰는 말이야!

아빠가 어젯밤에 늦게 들어와서 엄마가 화가 많이 났어요.
눈치 없이 텔레비전을 보다가 엄마한테 잔소리 폭탄을 맞았어요.
고래 싸움에 새우 등 터진 꼴이에요.

반대말이야!

'새우 싸움에 고래 등 터지랴.'는 약하고 보잘 것 없는 것끼리 아무리
싸워도 크고 힘 있는 것은 피해를 보지 않는다는 뜻이야.

26

영토는 작아도 강한 나라, 스위스

영토가 넓고 힘이 센 나라를 강대국이라고 해요.

미국이나 중국, 러시아를 강대국이라 하지요.

정치, 경제, 군사적으로 힘이 약한 나라는 약소국이라고 해요.

아프리카의 많은 나라가 약소국에 속해요.

그런데 스위스, 네덜란드, 싱가포르는

영토는 작지만 힘이 센 나라라고 해서 강소국이라고 불려요.

특히 스위스는 강대국들 사이에서 고래 싸움에 새우 등 터지지

않으려고 엄청나게 노력해 온 나라예요.

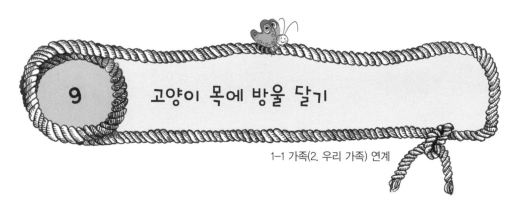

9 고양이 목에 방울 달기

1-1 가족(2. 우리 가족) 연계

무슨 뜻일까?

실행하기 어려운 일을 놓고 괜하게 의논만 하는 것을 뜻하는 말이야.

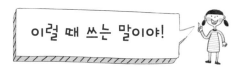

이럴 때 쓰는 말이야!

동생과 나는 깜빡하고 집에 열쇠를 두고 나왔어요.

다섯 살인 동생이 창문으로 들어가자고 했어요.

"고양이 목에 방울 달기도 아니고, 우리 집은 13층이거든."

비슷한 말이야!

'묘두현령(猫頭懸鈴)'은 고양이 목에 방울 달기라는 뜻이야.

28

방울은 누가 달지?

고양이에게 괴롭힘을 당하던 쥐들이 모여 의논을 했어요.

"고양이가 갑자기 달려들면 당할 수밖에 없는데

좋은 방법이 없을까?"

쥐 한 마리가 말했어요.

"고양이 목에 방울을 달면 어떨까?

고양이가 움직이면 소리가 날 거야."

좋은 생각이라고 모두들 박수를 쳤어요.

"고양이 목에 방울만 달면 되겠군. 그런데 누가 달지?"

갑자기 쥐들이 조용해졌어요.

고양이 목에 방울 달기는 불가능한 일이었거든요.

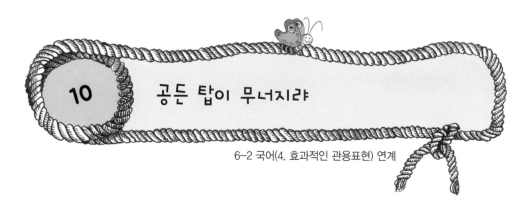

10 공든 탑이 무너지랴

6–2 국어(4. 효과적인 관용표현) 연계

무슨 뜻일까?

온 힘과 정성을 다하면 결과가 헛되지 않다는 뜻이야.

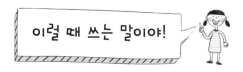

이럴 때 쓰는 말이야!

우리 모둠은 지난주부터 발표회 준비를 했어요.

그런데 다른 모둠이 준비하는 것을 보니 더 잘하는 것 같았어요.

다들 풀이 죽어 있을 때 진기가 말했어요.

"공든 탑이 무너지랴는 말이 있잖아. 우리가 더 열심히 하지, 뭐."

반대말이야!

'개미구멍으로 공든 탑 무너진다.'는

작은 실수나 문제로 큰일을 망쳐 버릴 때 쓰는 말이야.

30

한글 타자의 신이 될 거야

'컴퓨터와 생활' 수업 시간에 한글 타자 연습을 했어요.

나는 아직 한글 자판을 못 외워서 독수리 타자를 쳤어요.

선생님께서 자판을 외우고, 손가락 위치도 외워 오라고 하셨어요.

나는 그날부터 집에서 한글 자판 연습을 시작했어요.

엄마가 "공든 탑이 무너지랴."라고 힘을 북돋아주셨어요.

하루에 30분씩 일주일을 연습했더니, 속도가 150이나 나왔어요.

우리 반에서 한글 타자의 신이 되는 게 목표예요.

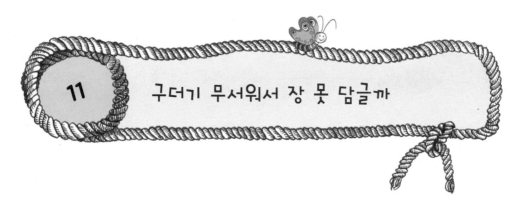

11 구더기 무서워서 장 못 담글까

무슨 뜻일까?

약간의 방해가 있더라도 마땅히 해야 할 일은 해야 한다는 뜻이야.
'구더기'는 파리의 애벌레야.

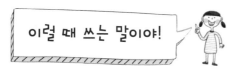

이럴 때 쓰는 말이야!

민기는 아빠랑 산에서 주운 도토리를 심기로 했어요.
"땅속에서 도토리가 썩으면 어떡하죠?"
"구더기 무서워서 장 못 담글까. 그걸 미리 고민할 필요는 없단다."

비슷한 말이야!

'장마가 무서워 호박을 못 심겠다.'와 '범 무서워 산에 못 가랴.'는
마음에 걸리더라도 해야 할 일은 해야 한다는 뜻이야.

하늘이 무너지면 어쩌지?

걱정이 많아서 먹지도 자지도 못하는 사람이 있었어요.

그가 앓아누웠다는 소식에 한 친구가 문병을 왔어요.

"하늘이 무너지면 어떻게 될까 너무 걱정스럽네."

"하늘은 공기로 꽉 차 있으니 무너질 리가 없네."

"땅이 꺼지면 어쩌나 하는 걱정도 된다네."

"땅은 흙으로 가득 차 있어서 꺼질 일이 없네.

구더기 무서워서 장 못 담글까!

하늘이랑 땅 걱정은 그만하고 빨리 일어나게."

"자네 말이 맞는 것 같군.

아직 못 먹은 아침밥을 먹어야겠네."

에구머니, 구더기가 생겼네!

저는 멀쩡해요, 걱정마세요!

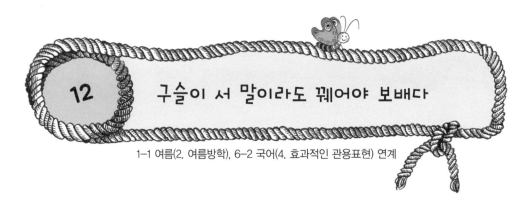

12 구슬이 서 말이라도 꿰어야 보배다

1-1 여름(2. 여름방학), 6-2 국어(4. 효과적인 관용표현) 연계

무슨 뜻일까?

아무리 좋은 것을 가지고 있더라도 제대로 활용하지 못하면
아무 소용이 없다는 뜻이야.

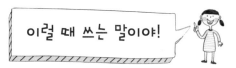

이럴 때 쓰는 말이야!

목도리를 뜨려고 뜨개실을 색색별로 샀어요.
한 달쯤 지났을 때 엄마가 말씀하셨어요.
"구슬이 서 말이라도 꿰어야 보배라는데, 뜨개실에 먼지가 쌓였구나."

비슷한 말이야!

'부뚜막의 소금도 집어넣어야 한다.'는
좋은 기회도 이용하지 않으면 아무 소용이 없다는 뜻이야.

이번 방학은 다를 거야

방학을 앞두면 이런 저런 계획을 아주 많이 세워요.

"수학도 공부하고 영어도 공부하고 책도 많이 읽고 수영도 배우고

워터파크도 가고 할머니 댁에도 가야지."

하지만 막상 방학이 되면 늦잠을 자고, 늦은 점심을 먹고,

TV를 보고, 컴퓨터 게임을 하다 보면 금세 저녁식사 시간이에요.

그러다 개학날이 코앞에 다가오지요.

'구슬이 서 말이라도 꿰어야 보배'라는 말이 있듯이

이번 방학에는 계획을 잘 실천해 볼 생각이에요.

중국도
가고 싶고,
울릉도도
가고 싶어!

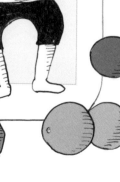

국어 수학 독서 운동 여행

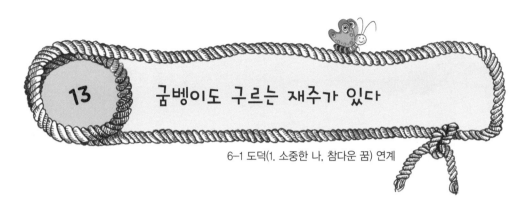

13　굼벵이도 구르는 재주가 있다

6-1 도덕(1. 소중한 나, 참다운 꿈) 연계

무슨 뜻일까?

누구나 하나쯤은 잘하는 것이 있다는 뜻이야.

굼벵이는 매미의 애벌레야.

하잘 것 없는 굼벵이도 구르는 것은 아주 잘한대.

이럴 때 쓰는 말이야!

공부도, 운동도 못하는 내가 미술 대회에서 상을 받았어요.

선생님도 놀라고, 반 아이들도 놀랐어요.

"굼벵이도 구르는 재주가 있다더니,

너는 그림을 잘 그리는 애였구나."

친구들 앞에서 어깨가 으쓱했어요.

36

못생긴 새가 노래를 잘할 리 없어

호랑이의 생일잔치 날, 동물들이 장기 자랑을 펼쳤어요.

평소에 못생겼다고 놀림을 받는 새가 무대에 올라갔어요.

동물들이 무대에서 내려오라고 야유를 보냈어요.

한동안 멍하니 서 있던 못생긴 새가 노래를 시작했어요.

너무 아름다운 노랫소리에 깜짝 놀라고, 넋을 잃고 말았어요.

노래가 끝나자 환호성과 박수가 쏟아졌어요.

못생긴 새가 미소를 지으며 말했어요.

"감사합니다. 굼벵이도 구르는 재주가 있답니다."

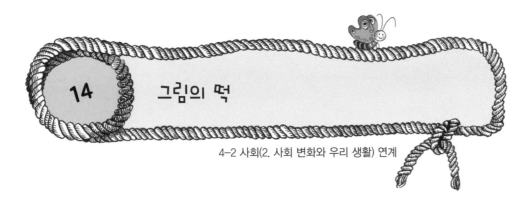

14 그림의 떡

4-2 사회(2. 사회 변화와 우리 생활) 연계

무슨 뜻일까?

실제로 이용할 수 없거나 이루어지기 힘든 경우를 뜻하는 말이야.

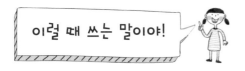

이럴 때 쓰는 말이야!

어제 저녁에 불고기를 많이 먹고 배탈이 났어요.

의사 선생님은 흰 죽만 먹으라고 했어요.

친구 생일 파티에 나온 케이크랑 피자는 나한테 그림의 떡이었어요.

비슷한 말이야!

'화중지병(畵中之餠)'은 그림의 떡이라는 뜻이야.

바라만 보았자 쓸모가 없다는 말이지.

이야기에서 찾아볼까?

사우디아라비아의 여자는 불쌍해

사우디아라비아에서는 여성에게 운전면허증을 발급해 주지

않는대요.

그래서 여성들에게 자동차 운전은 그림의 떡이래요.

여성들은 운동시설을 이용할 수도 없고,

다리를 드러내는 옷을 입어서도 안 된대요.

사우디아라비아의 여성들은 남성들에 비해

너무 많은 차별을 받고 있어요.

하루 빨리 모든 권리를 평등하게 누릴 수 있었으면 좋겠어요.

죽기 전에
꼭 운전하고
싶어요.

39

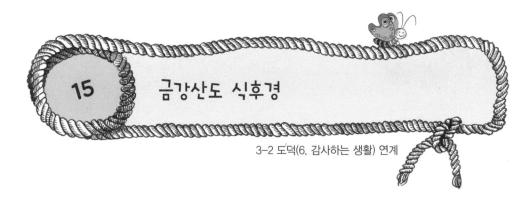

15 금강산도 식후경

3-2 도덕(6. 감사하는 생활) 연계

무슨 뜻일까?

아무리 재미있는 일이라도 배가 불러야 신나고 즐겁다는 뜻이야.

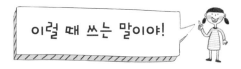

이럴 때 쓰는 말이야!

롤러코스터를 타려고 점심도 못 먹고 긴 줄을 서서 기다렸어요.

금강산도 식후경이라더니,

나중에는 머릿속에서 음식들이 빙빙 돌았어요.

어쩔 수 없이 롤러코스터를 포기하고 식당으로 달려갔어요.

비슷한 말이야!

'금강산 구경도 먹은 후에야 한다.'는

아무리 좋은 경치라고 해도 배가 불러야 좋아 보인다는 뜻이야.

산타 할아버지, 배고프시죠?

12월 24일은 산타 할아버지가 일 년 중 제일 바쁜 날이에요.

올해도 산타 할아버지는 정신없이 선물을 챙겼어요.

어느 집에 들어가 양말에 선물을 넣으려고 할 때였어요.

양말 속에 무언가 들어 있었어요.

꺼내 보니 예쁜 도시락과 편지였어요.

'산타 할아버지! 올해도 선물을 주셔서 감사합니다.

금강산도 식후경이라는데, 배고프실까 봐 도시락을 준비했어요.'

산타 할아버지가 껄껄껄 웃으셨어요.

41

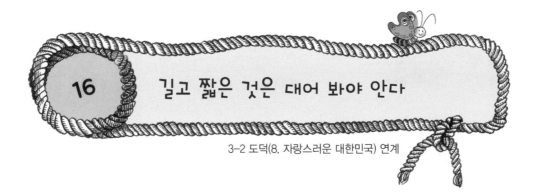

16 길고 짧은 것은 대어 봐야 안다

3-2 도덕(8. 자랑스러운 대한민국) 연계

무슨 뜻일까?

잘하고 못하는 것, 뛰어나고 모자란 것 모두 실제로 겨루어 봐야
알 수 있다는 뜻이야.

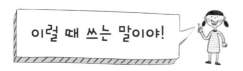

이럴 때 쓰는 말이야!

키가 큰 재민이가 달리기 출발선에서 자기가 이긴다고 큰소리쳤어요.
"길고 짧은 것은 대어 봐야지."
나는 있는 힘을 다해 달렸고, 재민이를 이겼어요.

비슷한 말이야!

'물이 깊은지 얕은지는 건너 보아야 안다.'는
일이 어려울지 쉬울지는 직접 해 봐야 안다는 뜻이야.

이순신 장군과 명량 해전

이순신 장군은 12척의 배로 일본의 배 133척을 물리쳤어요.

이 전투가 바로 명량 해전이에요.

이길 수 없는 싸움이라고 반대하는 사람들에게

이순신 장군이 힘주어 말했어요.

"제게는 아직도 배가 12척이나 남아 있습니다!

죽을힘을 다해 싸우면 이길 수 있습니다."

이순신 장군은 '길고 짧은 것은 대어 봐야 안다.'는 말을

직접 보여주고 싶었던 게 아닐까요?

죽기를 각오하고 싸우면 살 것이다!

12척의 배가 남아 있습니다

이순신이 나온다는데 그냥 도망칠까?

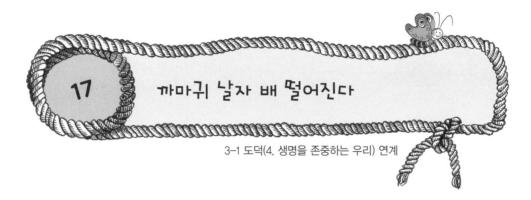

17 까마귀 날자 배 떨어진다

3-1 도덕(4. 생명을 존중하는 우리) 연계

무슨 뜻일까?

아무런 관계도 없이 한 일이 우연히 동시에 일어난 다른 일과 관련되어
의심을 받는 상황을 뜻하는 말이야.

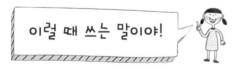

이럴 때 쓰는 말이야!

민준이가 교실에서 지갑을 잃어버렸대요.
체육 시간에 내가 마지막으로 교실에서 나갔는데,
까마귀 날자 배 떨어진다고 내가 의심받을까 봐 걱정이에요.

비슷한 말이야!

'오얏나무 아래서 갓끈을 고쳐 매지 마라.'는
공연히 의심받을 행동을 하지 말라는 뜻이야.

44

내가 뭘 어쨌다고 그래?

나그네가 큰 기와집 앞에 앉아 잠시 쉬고 있었어요.

그때 한 아이가 진주 구슬을 가지고 놀다가 떨어뜨렸어요.

마침 어슬렁거리던 거위가 진주 구슬을 집어삼켰어요.

주인은 아무 죄 없는 나그네를 도둑으로 오해했어요.

"까마귀 날자 배 떨어진 격이군."

나그네는 침착한 태도로 거위를 자기 옆에 묶어 달라고 말했어요.

다음날 아침에 거위가 똥을 싸자, 그 속에서 진주 구슬이 나왔어요.

주인은 얼굴이 빨개져서 나그네에게 사과했어요.

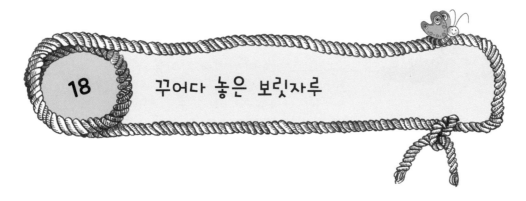

18 꾸어다 놓은 보릿자루

무슨 뜻일까?

여럿이 이야기하는 자리에서 아무 말도 하지 않고
한쪽에서 가만히 있는 사람을 뜻하는 말이야.

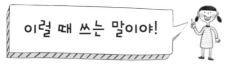

이럴 때 쓰는 말이야!

민호는 평소에 웃기는 이야기도 자주 하고 말도 많아요.
그런데 토론 시간만 되면 입을 꾹 다물어요.
그래서 '꾸어다 놓은 보릿자루'라는 별명이 생겼어요.

비슷한 말이야!

'전당 잡은 촛대'는 한 구석에 덤덤히 앉아 있기만 하는 것을 뜻해.

내 침묵에는 다 이유가 있어

가족 캠핑을 앞두고 메뉴를 의논하려고 모여 앉았어요.

아빠는 "야외에서는 삼겹살이 최고지."라고 의견을 내셨어요.

나는 얼른 "꼬치구이 먹고 싶어요."라고 말했어요.

엄마는 "닭백숙도 좋지 않니?"라고 하셨어요.

그런데 언니는 한쪽에서 아무 말도 하지 않고 앉아 있었어요.

"언니는 왜 꾸어다 놓은 보릿자루처럼 아무 말도 안 해?"

언니가 눈치를 보며 내 귀에 대고 속삭였어요.

"괜히 얘기했다간 재료가 비싸다, 요리하기 어렵다 공격받을 게 뻔

하거든."

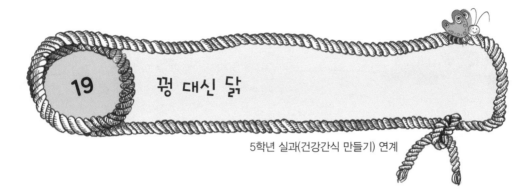

19 꿩 대신 닭

5학년 실과(건강간식 만들기) 연계

무슨 뜻일까?

꼭 맞는 것이 없을 때 그와 비슷한 것으로 대신할 때 쓰는 말이야.

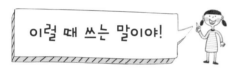

이럴 때 쓰는 말이야!

팥빙수를 만들려면 빙수기가 필요해요.
꿩 대신 닭이라고, 빙수기가 없을 때는
우유를 얼려서 숟가락으로 긁으면 돼요.

비슷한 말이야!

'이가 없으면 잇몸으로 살지.'는 아무리 중요한 것이 없더라도
대체할 만한 것은 있다는 뜻이야.

48

꿩고기 떡국은 어떤 맛일까?

설날에 떡국을 먹어야 한 살을 더 먹는다는 말이 있어요.

떡국이 설날의 대표 음식으로 꼽히는 이유지요.

본래 떡국의 육수는 꿩고기를 사용했어요.

그런데 지금도 그렇지만 옛날에도 꿩고기를 구하는 게 어려웠대요.

그래서 꿩고기 대신에 닭고기를 사용하는 사람들이 생겨났어요.

'꿩 대신 닭'이라는 속담은 여기서 유래했대요.

꿩고기로 만든 떡국은 어떤 맛일지 궁금해요?

날 구하기가
어렵대!

괜찮아. 떡국에
날 넣으면 돼!

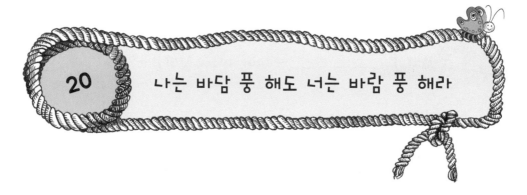

20 나는 바담 풍 해도 너는 바람 풍 해라

무슨 뜻일까?

자기 자신은 잘하지 못하면서 남에게 잘하라고 할 때 쓰는 말이야.

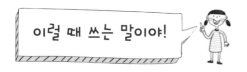

이럴 때 쓰는 말이야!

엄마는 오늘도 책 좀 읽으라고 잔소리를 하셨어요.

"엄마도 책 안 보잖아요."

"나는 바담 풍 해도 너는 바람 풍 해야지. 엄마 마음 알지?"

이런 말도 있어!

'방귀 뀐 놈이 성낸다.'는 자기가 잘못해 놓고

남한테 화를 내는 경우에 쓰는 말이야.

훈장님, 억울해요

서당 훈장님은 혀가 짧아 발음이 좋지 않았어요.

훈장님이 "바담 풍(風)!" 하며 따라 읽으라고 했어요.

학생들은 크게 "바담 풍(風)!"이라고 읽었어요.

훈장님은 학생들이 자신을 놀리는 것 같아 화가 났어요.

그런데 학생들은 무척 억울했어요.

훈장님이 애써 화를 가라앉히며 말씀하셨어요.

"내가 바담 풍이라고 하여도 너희는 바담 풍이라고 읽어야지."

학생들은 훈장님의 '바람 풍'을 끝내 알아듣지 못했어요.

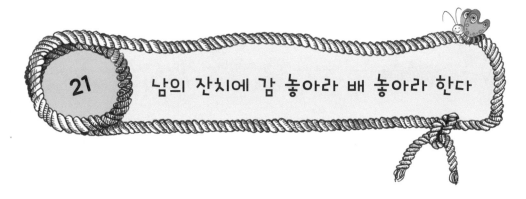

21 남의 잔치에 감 놓아라 배 놓아라 한다

무슨 뜻일까?

남의 일에 이래라 저래라 간섭하면서 참견할 때 쓰는 말이야.

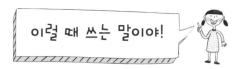

이럴 때 쓰는 말이야!

내 짝꿍은 잔소리가 너무 심해요.
남의 잔치에 감 놓아라 배 놓아라 하는 스타일이거든요.

비슷한 말이야!

'콩 심어라 팥 심어라 한다.'는 작은 일을 가지고 지나치게 간섭한다는
뜻이야.

우리 집 강아지거든요

모처럼 강아지를 데리고 공원에 나갔어요.

벤치에 앉아 쉬고 있는데, 갑자기 아주머니들이 몰려들었어요.

강아지가 귀엽다는 말에 처음에는 기분이 좋았어요.

그런데 남의 잔치에 감 놓아라 배 놓아라 하는 잔소리가 시작됐어요.

"강아지가 아파 보이는데 먹이는 언제 준 거니?"

"목욕은 하루에 한 번씩 시키고 있니?"

"털을 자주 빗어 주고 있니?"

"예방주사는 제때 맞추고 있니?"

나는 갑자기 피곤해져서

집으로 빨리 돌아왔어요.

조금 야위어
보인다!

간식도
주거든요!

나,
안 불쌍해요.

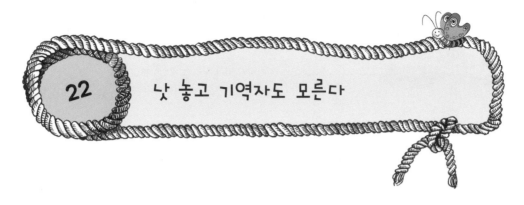

22 낫 놓고 기역자도 모른다

무슨 뜻일까?

아주 무식한 경우를 가리킬 때 쓰는 말이야.

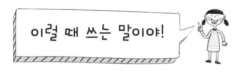

이럴 때 쓰는 말이야!

"임진왜란 때 거북선으로 우리나라를 지킨 장군 이름은?"

"……"

"어떻게 이순신 장군을 모르니? 낫 놓고 기역자도 모르는 거 아냐?"

비슷한 말이야!

'흰 것은 종이요 검은 것은 글씨라.'는 글을 모르는 사람을 놀리는 말이야.

고구마를 캐다오

오늘 김 서방은 동생들이랑 밭에서 고구마를 캐기로 했어요.

그런데 갑자기 읍내에 급한 볼일이 생겼어요.

어쩔 수 없이 동생들에게 쪽지를 하나 썼어요.

"읍내에 급히 나간다. 너희들끼리 고구마를 캐다오."

얼마 후 김 서방의 집으로 동생들이 모였고,

형님이 놓고 간 쪽지도 보았어요.

하지만 동생들은 하릴 없이 형님을 기다렸어요.

동생들 모두 글을 배우지 못해

낫 놓고 기역자도 몰랐거든요.

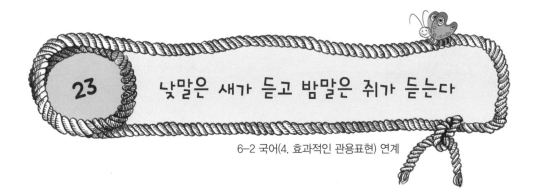

23　낮말은 새가 듣고 밤말은 쥐가 듣는다

6-2 국어(4. 효과적인 관용표현) 연계

무슨 뜻일까?

아무리 비밀스럽게 한 말이어도 결국 남의 귀에 들어가게 되니
말을 조심하라는 뜻이야.

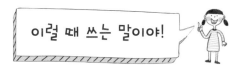

이럴 때 쓰는 말이야!

어제 짝꿍한테 몰래 한 이야기를 반 아이들이 알고 있었어요.
낮말은 새가 듣고 밤말은 쥐가 듣는다더니,
정말 세상에는 비밀이 없는 걸까요?

비슷한 말이야!

'벽에도 귀가 있다.'는 비밀은 지켜지기 어려우니
함부로 말하지 말라는 뜻이야.

56

알리바바와 40인의 도적 이야기

도적떼의 두목이 큰 바위 앞에서 이렇게 외쳤어요.

"열려라, 참깨!"

그러자 바위가 스르르 움직였고, 동굴이 나타났어요.

도적떼는 동굴에 들어갔다가 한참 후에 밖으로 나왔어요.

낮말은 새가 듣고 밤말은 쥐가 듣는다고,

두목의 주문을 알리바바가 엿들었어요.

도적들이 떠나고 알리바바가 "열려라, 참깨!" 하고 외쳤어요.

동굴 안에 들어갔더니 값비싼 보물이 한가득이었어요.

알리바바는 금화를 자루에 담아

마을로 돌아왔어요.

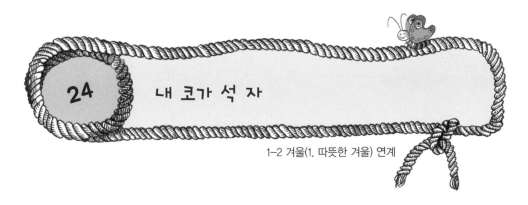

24 내 코가 석 자

1-2 겨울(1. 따뜻한 겨울) 연계

무슨 뜻일까?

내 사정이 급해 남을 돌봐 줄 여유가 없다는 말이야.

내 콧물이 석 자(약 90센티미터)나 떨어지고 있어서

그걸 닦는 일만으로도 정신이 없다는 뜻이지.

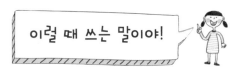

이럴 때 쓰는 말이야!

엄마가 동생의 받아쓰기 공부를 도와주라고 하셨어요.

"내 코가 석 자예요. 지금 저도 과학 상상화 그리기 숙제해야 하거든요."

비슷한 말이야!

'오비삼척(吾鼻三尺)'은 내 콧물이 석 자나 흘러내렸다는 뜻이야.

내 일만으로도 힘들어서 남을 도울 틈이 없다는 말이지.

58

기부가 어려우면 봉사는 어때?

떡볶이 장사로 모은 5천만 원을 장학금으로 기부한 할머니가 있대요.

TV를 보고 있는 나에게 엄마가 말씀하셨어요.

"우리도 용돈을 아껴서 기부를 하면 어떨까?"

"내 코가 석 자예요. 용돈을 올려 주시면 생각해 볼게요."

"그럼 돈이 안 드는 봉사를 할까?

도서관 일손 돕기, 마을 벽화 그리기, 유기견 보호 활동……

우리가 할 수 있는 봉사 활동이 많거든."

나는 더 이상 핑계 댈 게 없어서 고개를 끄덕일 수밖에 없었어요.

25 누워서 떡 먹기

무슨 뜻일까?

매우 하기 쉬운 것을 가리키는 말이야.

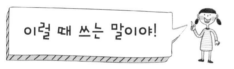

이럴 때 쓰는 말이야!

오늘 수학 숙제는 누워서 떡 먹기예요.
수학익힘책 스티커 붙이기거든요.

비슷한 말이야!

'식은 죽 먹기'는 정말 쉬운 일이라는 뜻이야.

진달래와 산철쭉이 비슷하다고?

진달래와 산철쭉은 비슷하게 생긴 것 같지만 많이 달라요.

진달래는 먹어도 되지만, 산철쭉은 독성이 있어서 먹으면 안 돼요.

진달래는 4월에 꽃이 피고 나서 진 다음에 잎이 나오지만,

산철쭉은 5월쯤 잎이 난 후에 꽃이 피기 시작해요.

진달래는 꽃의 수술대 밑에 흰색 털이 있고,

산철쭉은 꽃 안쪽 윗부분에 짙은 자주색 반점이 있어요.

이렇게 몇 가지 특징을 알고 나면

진달래와 산철쭉을 구별하는 건 누워서 떡 먹기예요.

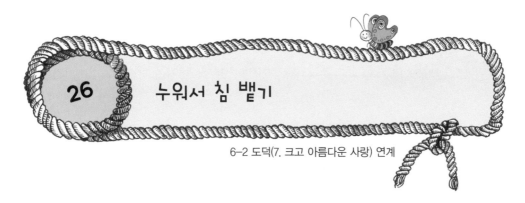

26 누워서 침 뱉기

6-2 도덕(7. 크고 아름다운 사랑) 연계

무슨 뜻일까?

남에게 피해를 입히려다가 오히려 자기가 피해를 입게 될 때 쓰는
말이야.

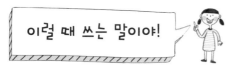

이럴 때 쓰는 말이야!

'우리 가족'에 대한 글을 쓰면서 동생이 얼마나 못됐는지도 썼어요.
엄마가 슬쩍 보시더니 말씀하셨어요.
"그래도 네 동생인데 누워서 침 뱉기 아닐까?"

비슷한 말이야!

'자기 얼굴에 침 뱉기'는 자신의 행동이 스스로를 부끄럽게 한다는
뜻이야.

62

욕과 선물의 공통점

어떤 사람이 석가모니에게 욕을 하자 제자가 말했어요.

"스승님, 당장 저 사람의 행동을 꾸짖어야 합니다."

"누군가 선물을 주려는데 상대가 받지 않으면 어떻게 되겠느냐?"

"어쩔 수 없이 다시 가져가겠지요."

"맞는 말이다.

저 사람이 욕을 하기는 했지만 나는 받지 않았느니라."

욕한 사람이 얼굴이 빨개져서 도망가자, 석가모니가 말씀하셨어요.

"욕이라는 것은 누워서 침 뱉기와 같으니라.

누워서 침을 뱉으면 하늘이 아니라 내 얼굴만 더러워지는 것이다."

하늘에 뱉었는데 왜 내 얼굴에……

27 눈 가리고 아웅

무슨 뜻일까?

무슨 일이 일어났는지 다 알고 있는데,

어설픈 행동으로 남을 속이려고 할 때 쓰는 말이야.

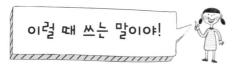

이럴 때 쓰는 말이야!

인터넷으로 구입한 게임기가 배달되었는데 사은품이 달랐어요.

게시판에 불평하는 글을 썼더니 다음날 삭제되어 있었어요.

눈 가리고 아웅하는데 어떻게 하면 좋을까요?

비슷한 말이야!

'손바닥으로 하늘 가리기'는 아무리 숨기려고 해도

소용이 없다는 뜻이야.

너무 어설프잖아

정류장에 기다리던 버스가 도착했어요.

앞문 쪽에 사람이 가득 차서 버스 기사는 뒷문을 열어 줬어요.

뒷문으로 탄 남학생이 버스카드 단말기에 지갑을 대면서

"삐빅" 하고 입으로 소리를 냈어요.

눈 가리고 아웅이지, 주변 사람들이 눈치를 채고 말았어요.

어색한 침묵이 흐르고, 옆쪽에 앉아 있던 아주머니가 한마디 했어요.

"잔액이 부족합니다."

얼굴이 빨개진 남학생은 후다닥 버스에서 내렸어요.

65

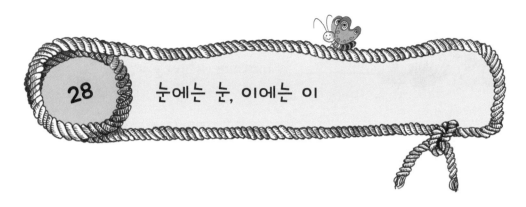

28 눈에는 눈, 이에는 이

무슨 뜻일까?

손해를 본 만큼 똑같이 복수한다는 뜻이야.

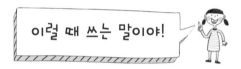

이럴 때 쓰는 말이야!

경환이가 준우를 때려서 코피가 났어요.

선생님 앞에 와서도 경환이는 당당했어요.

"눈에는 눈, 이에는 이라는 말이 있잖아요.

준우도 어제 제 코피를 터뜨렸거든요."

비슷한 말이야!

'가는 방망이 오는 홍두깨'는 남을 해치려고 하다가

자기가 더 큰 화를 입게 된다는 뜻이야.

함무라비 법전과 복수

함무라비 법전에는 '눈에는 눈, 이에는 이'라는 내용이 있어요.

눈을 다치게 한 사람은 눈을 다치게 하고,

이를 부러뜨린 사람은 이를 부러뜨리고,

뼈를 부러뜨린 사람은 뼈를 부러뜨리라는 뜻이래요.

상대방이 나에게 피해를 주었다면 나도 똑같이 해 주라는 말이지요.

너무 잔인하다고 생각했는데 손해 본 만큼만 갚아 주고

더 심하게 복수하면 안 된다는 뜻이기도 하대요.

29 달걀로 바위 치기

4-2 도덕(7. 힘을 모으고 마음을 하나로) 연계

무슨 뜻일까?

맞서 싸워도 도저히 이길 수 없는 경우에 쓰는 말이야.

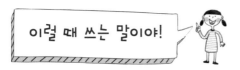

이럴 때 쓰는 말이야!

팔레스타인에서 탱크에 조약돌을 던지는 아이의 사진이 찍혔대요.
밑줄친 달걀로 바위 치기지, 탱크에는 흠집도 나지 않았을 테지만
아이는 큰 용기를 내서 한 일이었을 거예요.

비슷한 말이야!

'바위에 머리 받기'는 아주 약한 것으로 강한 것에 맞서려는
어리석은 행동을 뜻하는 말이야.

끝까지 최선을 다하면 돼

결승전에서 축구부가 4명이나 있는 1반이랑 붙게 됐어요.

우리 반 축구 선수들은 경기를 앞두고 침울한 표정이었어요.

"달걀로 바위 치기면 어때. 끝까지 최선을 다하면 됐지. 안 그래?"

민지의 말에 선수들의 표정이 살아났고, 응원 소리도 커졌어요.

그런데 기적 같은 일이 벌어졌어요.

치열한 승부 끝에 우리 반이 2:1로 이긴 거예요.

1반은 서로 골을 넣으려고 양보하지 않았지만,

우리 반은 서로 양보하고 협동을 했거든요.

경기가 끝난 후에 우리 반은 선수들을 부둥켜안고 엉엉 울고 말았어요.

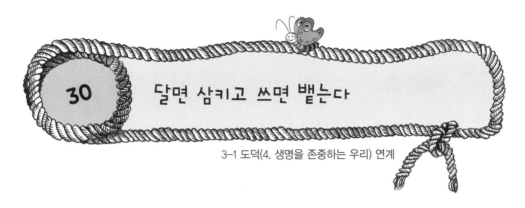

30 달면 삼키고 쓰면 뱉는다

3-1 도덕(4. 생명을 존중하는 우리) 연계

무슨 뜻일까?

옳고 그름이나 믿음을 지키지 않고,

자신에게 이로운 것만 챙기는 이기적인 태도를 뜻하는 말이야.

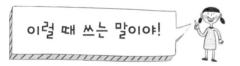

이럴 때 쓰는 말이야!

우리 오빠는 라면을 먹고 싶으면 나한테 아부해요.

그런데 내가 끓여 달라고 하면 귀찮다고 안 끓여 줘요.

달면 삼키고 쓰면 뱉는 이기적인 오빠예요.

비슷한 말이야!

'감탄고토(甘呑苦吐)'는 자기에게 이익이 되면 좋아하고

이익이 되지 않으면 싫어한다는 뜻이야.

애완견이 왜 유기견이 될까?

버려진 떠돌이 강아지들을 유기견이라고 해요.

그중에는 길에서 태어난 강아지도 있지만,

사람들이 키우다 버린 강아지도 많아요.

처음에는 예뻐했는데 나중에 병이 들었다고, 늙었다고,

귀찮아졌다고 길거리에 버리는 거래요.

달면 삼키고 쓰면 뱉는 이런 사람들 때문에

아무 죄 없는 강아지들이 길거리를 떠돌면서 살고 있어요.

애완동물을 키우고 싶다면 끝까지 책임질 수 있는지 고민하고

결정해야 할 것 같아요.

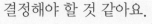

날 사랑해 준
해민이가
보고 싶어요!

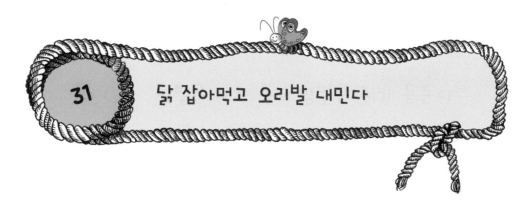

31 닭 잡아먹고 오리발 내민다

무슨 뜻일까?

나쁜 일을 저질러 놓고 엉뚱한 수작으로 속여 넘기려 하는 걸 말해.

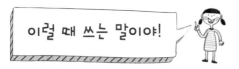

이럴 때 쓰는 말이야!

내 책상에 '호영 바보 메롱!'이라고 쓰여 있었어요.

찬웅이 글씨가 분명한데, 끝까지 아니라고 잡아뗐어요.

닭 잡아먹고 오리발 내미는 격이에요.

비슷한 말이야!

'혓바닥에 침이나 묻혀라'는 누가 봐도 빤히 들여다보이는 거짓말을

하는 사람에게 핀잔을 주는 말이야.

떡이 너무 맛있어서 그래요

옛날에 떡을 엄청나게 좋아하는 도깨비가 있었어요.

떡도깨비 때문에 동네는 하루도 조용할 날이 없었어요.

"또 떡이 없어졌네! 떡도깨비 네가 먹어 치웠지?"

"아니에요. 나는 절대로 떡을 먹지 않았어요."

"닭 잡아먹고 오리발 내미는 것 보게.

네 얼굴에 떡고물이 잔뜩 묻어 있는데 어디서 거짓말이야!"

그러던 어느 날 마을 사람들이 꾀를 내었어요.

도깨비가 싫어하는 붉은 팥죽을 만들어 여기저기 뿌려 둔 거예요.

몰래 떡 먹으러 왔던 떡도깨비는 놀라서 줄행랑을 쳤어요.

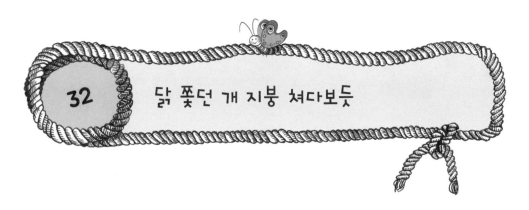

32 닭 쫓던 개 지붕 쳐다보듯

무슨 뜻일까?

애써서 하던 일이 실패로 돌아가서 어찌할 도리가 없는 상황을
뜻하는 말이야.

이럴 때 쓰는 말이야!

요즘 학교에서 최고로 인기 있는 장난감이 문구점에 있었어요.
엄마에게 달려가 오늘은 꼭 사야 한다고 졸랐어요.
엄마한테 돈을 받아 눈썹이 휘날리게 달려갔는데
그새 다 팔리고 없었어요.
나는 닭 쫓던 개 지붕 쳐다보듯 멍하니 한참을 서 있었어요.

소와 닭과 개 이야기

하루 종일 논에서 일하고 온 소가 닭에게 물었어요.

"너는 하루 종일 놀면서도 밥을 얻어먹는구나. 그 비결이 뭐니?"

"난 놀지 않아. 시간에 딱 맞춰서 우는 일이 얼마나 힘든데!"

잘난 척하는 닭을 보고 개가 한마디 했어요.

"어이가 없군. 작은 소리만 들려도 멍멍 짖는 나도 있는데!

넌 멍멍 소리의 뜻을 알고나 있니?"

"그걸 왜 몰라. 멍멍은 멍텅구리라는 뜻이잖아!"

화가 난 개가 쫓아갔지만

닭은 푸드덕 지붕 위로 올라가 버렸어요.

닭 쫓던 개는 지붕 위를 쳐다보며 멍멍멍 짖기만 했어요.

할 말 있으면
올라 와!

내려올 때
도와줄까?

내 친구들 다
불러올 거야.

75

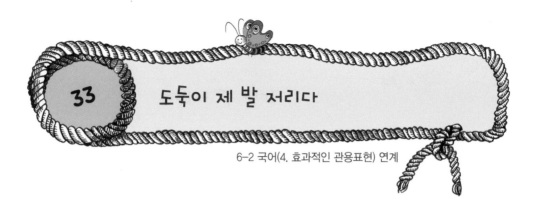

33 도둑이 제 발 저리다

무슨 뜻일까?

죄를 지은 사람은 누가 뭐라 하지 않아도 저 혼자 괜히 마음이 조마조마하다는 뜻이야.

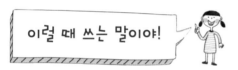

이럴 때 쓰는 말이야!

"이상한 일이네. 분명히 여기에 오천 원을 두었는데……."
엄마의 말에 심장이 두근두근 뛰기 시작했어요.
도둑이 제 발 저리다고, 역시 죄 짓고는 못살겠어요.

비슷한 말이야!

'오금이 저리다.'는 잘못이 들통 날까 봐 마음을 졸일 때 쓰는 말이야.
오금은 무릎 뒤 중간 부분을 가리키지.

76

귀신은 정말 무서워

큰 솥 가득히 끓여 둔 떡국이 밤새 사라졌어요.

여우 짓이 분명하다고 생각한 순옥이는 큰소리로 말했어요.

"설날에 만든 떡국을 혼자서 다 먹으면 귀신이 잡아가는데!"

도둑이 제 발 저린 여우가 사람으로 변신해서 나타났어요.

"사실은 내가 가져갔어. 그런데 정말 귀신이 잡아가?"

"그새 떡국을 다 먹어 버린 거니?"

"아니. 한 그릇만 먹고 이만큼 남았어."

"그럼, 그 떡국을 돌려주면 되겠네."

떡국을 돌려준 여우는 안심하고

집으로 돌아갔어요.

이거 빨리 받아 줘!

귀신이 그렇게 무섭니?

34   도토리 키 재기

무슨 뜻일까?

크기나 수준이 비슷비슷한 사람끼리 서로 잘났다고 다툴 때 쓰는
말이야.

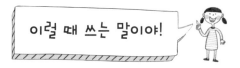

이럴 때 쓰는 말이야!

사촌 동생이 나보다 키가 더 크다고 우겼어요.

화가 나서 엄마한테 재 달라고 했어요.

"도토리 키 재기도 아니고, 손톱만큼 형이 더 크구나."

우리랑
비슷하네!

빨리
형님이라
해!

비슷한 말이야!

'오십보백보'는 오십 보든 백 보든 도망한 사실에는
양쪽에 차이가 없다는 뜻이야.

이제 내 나이 말해도 돼?

사슴이랑 토끼가 서로 자기 나이가 많다고 허풍을 쳤어요.

"하늘과 땅이 만들어질 때 내가 하늘에 별을 박았지."

"하늘에 올라갈 때 네가 탄 사다리는 내가 심은 나무로 만들었지."

한쪽에서 이야기를 듣고 있던 두꺼비가 눈물을 흘리며 말했어요.

"내 세 아들이 나무를 한 그루씩 심었지.

큰아들은 나무로 별 박을 때 쓴 망치 자루를 만들었고,

둘째는 은하수를 팔 때 쓴 삽 자루를 만들었고,

셋째는 해와 달을 박을 때 쓴 망치 자루를 만들었지.

큰일을 하더니 모두들 일찍 하늘나라로 가고 말았지."

도토리 키 재기를 했던 사슴과 토끼는 두꺼비를 형님이라 불렀어요.

79

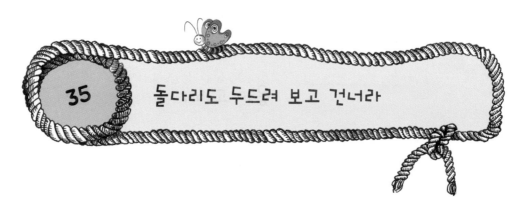

35 돌다리도 두드려 보고 건너라

무슨 뜻일까?

일을 성급하게 하지 말고 조심해서 실수하지 말라는 뜻이야.

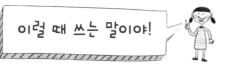

이럴 때 쓰는 말이야!

으악! 수학 시험에서 더하기 문제를 틀렸어요.

곱셈도 아니고 덧셈을 틀리다니!

이래서 돌다리도 두드려 보고 건너라는 말이 있나 봐요.

비슷한 말이야!

'아는 길도 물어 가랬다.'는 아무리 쉬운 일도 꼼꼼하게 살펴야

실수가 없다는 뜻이야.

내 보따리 어쩔 거야?

찬열이는 버스를 타고 가던 중이었어요.

정류장에서 한 할머니가 보따리를 들고 타셨어요.

한참 후에 할머니가 버스에서 내리시는데 빈 몸이었어요.

"할머니! 보따리 두고 내리셨어요!"

이렇게 외친 찬열이는 얼른 창문으로 보따리를 던져 드렸어요.

그때 뒤에 앉아 계시던 할머니가 말씀하셨어요.

"그거 내 보따리인데……."

버스에 할머니가 또 계셨던 거예요.

찬열이는 앞으로 돌다리도 두드려 보고 건너야겠다고 생각했어요.

36 되로 주고 말로 받는다

6학년 미술(13. 세계문화의 발자취) 연계

무슨 뜻일까?

조금 주고 그 대가를 많이 받는다는 뜻이야.

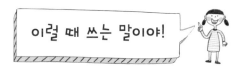

이럴 때 쓰는 말이야!

친구랑 모래 놀이를 하다가 장난으로 물을 살짝 뿌렸어요.

그랬더니 친구는 양동이에 물을 담아 와서 내 머리에 부어 버렸어요.

되로 주고 말로 받은 격이지요.

비슷한 말이야!

'혹 떼러 갔다가 혹 붙이고 온다.'는 도움을 받으러 갔다가

도리어 손해를 본 경우에 쓰는 말이야.

미켈란젤로의 소심한 복수

미켈란젤로는 교황의 부탁을 받아

시스티나 성당에 '최후의 심판'을 그렸어요.

그런데 한 추기경이 그림 속의 사람들이 모두 발가벗고 있어서

성당에 어울리지 않는다고 엄청나게 반대했어요.

화가 난 미켈란젤로는 그림으로 추기경에게 복수를 했어요.

지옥의 왕 '미노스'의 얼굴에 추기경의 얼굴을 그려 넣은 거예요.

추기경이 교황을 찾아가 수정하게 해 달라고 애원했지만

교황은 자기의 권한이

아니라고 거절했어요.

추기경은 되로 주고

말로 받은 격이에요.

그래서 '최후의 심판'에는

아직도 추기경의 얼굴이

남아 있답니다.

추기경님이
조금
미웠어요.

37 될성부른 나무는 떡잎부터 알아본다

무슨 뜻일까?

자라서 크게 될 사람은 어릴 때부터 남다르다는 뜻이야.

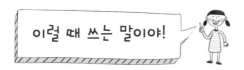

이럴 때 쓰는 말이야!

유명 인사가 된 사람을 가르친 선생님들의 인터뷰는 거의 비슷해요.

"어렸을 때부터 하나를 가르치면 열을 아는 아이였어요.

될성부른 나무는 떡잎부터 알아본다는 말이 있잖아요."

비슷한 말이야!

'용 될 고기는 모이 철부터 안다.'는 나중에 훌륭하게 될 사람은

어려서부터 남다른 데가 있다는 뜻이야.

세계적인 바이올리니스트, 장영주

장영주는 전 세계적으로 유명한 바이올리니스트예요.

사라 장이라는 이름으로

세계 무대에서 활동하고 있어요.

그녀는 여덟 살 때 받은 오디션에서

뉴욕 필하모닉 오케스트라와

필라델피아 오케스트라와의 협연을

요청받을 정도였어요.

될성부른 나무는 떡잎부터 알아본다더니

훌륭한 오케스트라가 일찌감치 그

녀의 실력을 알아봤던 거예요.

장영주가 아홉 살 때 낸 첫 음반은

세계 최연소 레코딩 기록을

가지고 있답니다.

떡잎도 알아봐 주는 사람이 있어야 해요!

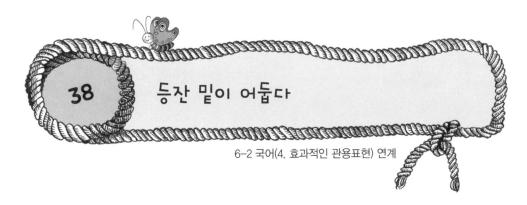

38 등잔 밑이 어둡다

6-2 국어(4. 효과적인 관용표현) 연계

무슨 뜻일까?

너무 가까이에서 일어난 일은 먼 곳의 일보다 더 모른다는 뜻이야.

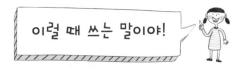

이럴 때 쓰는 말이야!

집을 막 나서려는데 동생이 울상이 되어 말했어요.

"형, 아무리 찾아도 실내화 가방이 없어."

"등잔 밑이 어둡다더니, 지금 네 팔에 걸려 있잖아."

비슷한 말이야!

'등잔 뒤가 밝다.'는 가까이에서보다 조금 떨어져서 보면
전체 상황을 더 잘 볼 수 있다는 뜻이야.

연료 탱크 색칠을 안 한다면?

1980년대에 미국항공우주국(NASA)에서는

우주 왕복선의 무게를 줄이는 연구를 하고 있었어요.

그래서 가벼운 금속을 개발한다든가, 부품을 더 작게 만드는 일에

힘을 쏟고 있었지요.

그때 어떤 사람이 연료 탱크에 색칠을 하지 말자는 의견을 냈어요.

"사용되는 페인트만큼 무게를 줄일 수 있을 겁니다."

연구원들은 그동안 등잔 밑이 어두웠다고

무릎을 쳤어요.

그 아이디어 덕분에

우주 왕복선의 무게도 줄였고,

비용도 줄일 수 있게 되었어요.

등잔 밑에
있잖니?

아무리 찾아도
신발 주머니가
없어요!

여기,
여기!

87

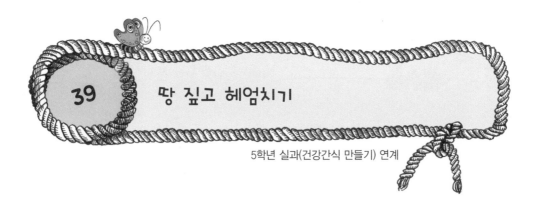

39 땅 짚고 헤엄치기

5학년 실과(건강간식 만들기) 연계

무슨 뜻일까?

누구나 할 수 있을 만큼 아주 쉬운 일이라는 뜻이야.

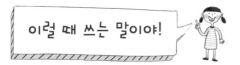

이럴 때 쓰는 말이야!

진석이가 2+2+2+2+2+2를 계산하고 있었어요.

똑똑한 내가 쉬운 방법을 알려 줬어요.

"곱셈만 알면 땅 짚고 헤엄치기야.

2를 6번 더한 것과 같으니까 2×6=12야."

비슷한 말이야!

'누워서 떡 먹기'와 '식은 죽 먹기'는 둘 다 아주 쉽다는 뜻이야.

삶은 달걀 껍데기 까기

삶은 달걀의 껍데기를 쉽게 까는 방법이 있어요.

식초만 있으면 달걀 껍데기를 깨끗하게 벗길 수 있어요.

냄비에 물을 받아 소금 약간과 식초 한 숟가락을 넣고

달걀을 넣으세요.

나중에 달걀에서 식초 냄새가 날 것 같다고요?

걱정 마세요. 물이 끓을 때 식초 냄새는 다 날아가 버리거든요.

이렇게 방법을 알고 나면 달걀 껍데기 벗기기는

땅 짚고 헤엄치기가 되지요.

땅 짚고
헤엄치기가
제일 쉽지.

깊어서 바닥에
발이 안 닿아요!

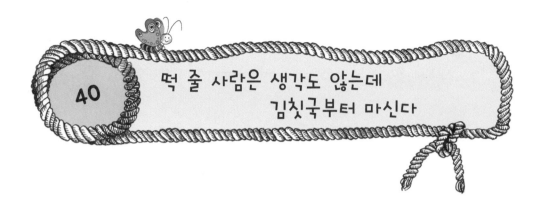

40 떡 줄 사람은 생각도 않는데 김칫국부터 마신다

무슨 뜻일까?

해 줄 사람은 생각도 하지 않는데, 일이 다 된 것처럼
미리 기대한다는 뜻이야.

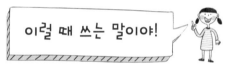

이럴 때 쓰는 말이야!

받아쓰기를 망쳐서 울적했는데 뽀미의 애교로 기분이 좋아졌어요.
선물로 개 껌을 주려 했더니 뽀식이가 달려왔어요.
"뽀미 껌이야. 넌 떡 줄 사람은 생각도 않는데 김칫국부터 마시니?"

비슷한 말이야!

'떡방아 소리 듣고 김칫국 찾는다.'는 일이 이루어지기도 전에
지레짐작해서 성급하게 서두른다는 뜻이야.

나도 비밀 편지 받고 싶어

1. 붓에 레몬즙을 묻혀 종이에 편지를 쓴다.

2. 물 100밀리리터에 요오드팅크(빨간 소독약)를 10방울 떨어뜨린다.

3. 묽은 요오드팅크를 병에 담아 비밀 편지와 함께 친구에게 준다.

4. 친구가 요오드팅크를 붓에 찍어 종이에 칠하면 비밀 편지를 읽을 수 있다.

과학 시간에 친구에게 줄 비밀 편지 한 통씩을 만들었어요.

나는 다섯 통은 받을 거라고 기대했는데 한 통도 못 받았어요.

떡 줄 사람은 생각도 않는데 김칫국부터 마신 거예요.

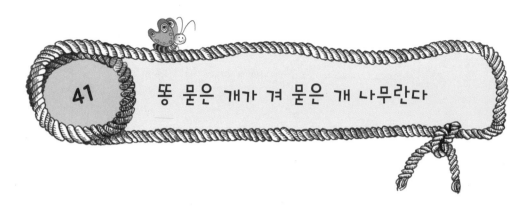

41 똥 묻은 개가 겨 묻은 개 나무란다

무슨 뜻일까?

자기는 더 큰 흉이 있으면서 남의 작은 흉을 본다는 뜻이야.

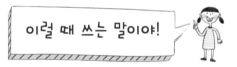

이럴 때 쓰는 말이야!

호준이가 친구들이랑 나를 꼬맹이라고 놀렸어요.
똥 묻은 개가 겨 묻은 개 나무란다더니, 어이가 없었어요.
호준이는 나보다 한 뼘이나 더 작거든요.

비슷한 말이야!

'적반하장(賊反荷杖)'은 잘못한 사람이 아무 잘못 없는 사람을 나무라는
경우에 쓰는 말이야.

한글 낙서가 부끄러워

부산 시내를 구경하려고 부산타워에 올라갔어요.

여기저기에 영어로 쓰인 낙서가 보였어요.

"관광을 왔으면 다른 나라의 물건을 소중히 여겨야 하는데,

외국인들은 왜 저럴까?"

"누나, 쉿! 저기 한글 낙서도 엄청 많아.

똥 묻은 개가 겨 묻은 개 나무라는 것 같아."

그러고 보니 한글로 쓰인 낙서가 훨씬 더 많았어요.

순간 부끄러워 얼굴이 빨개졌어요.

뭐…뭐냐 넌!
네 옷을 먼저 봐!

네 얼굴에
나뭇잎 붙었다!
거울 봐!

93

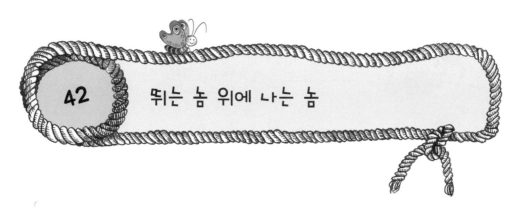

42 뛰는 놈 위에 나는 놈

무슨 뜻일까?

아무리 재주가 뛰어나도 더 뛰어난 사람이 있다는 뜻이야.

그러니 자만하지 말고 항상 겸손해야 한다는 말이지.

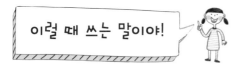

이럴 때 쓰는 말이야!

내일은 독서 퀴즈 대회가 열리는 날이에요.

우리 반 1등은 나라고 큰소리쳤더니 형이 말했어요.

"뛰는 놈 위에 나는 놈 있어. 그러니까 너무 잘난 척하지 마."

이런 말도 있어!

'뛰어 봤자 부처님 손바닥 안'과 '뛰어 봤자 벼룩'은

아무리 해도 소용없다는 뜻이야.

동방삭은 강림 도령에게 어떻게 잡혔을까?

강림 도령은 수명이 다한 사람을 저승으로 데려오는 일을 했어요.

염라대왕이 강림 도령에게 동방삭을 잡아오라고 명령했어요.

동방삭은 요리조리 피해 다니며 삼천갑자(18만 년)나 살고 있었어요.

"뛰는 놈 위에 나는 놈이 있다는 것을 알려 주어야겠군."

강림 도령은 동방삭이 나타난다는 냇가에 가서 숯을 씻었어요.

지나가는 사람들이 왜 그런지를 물으면 늘 이렇게 대답했어요.

"숯을 백 일 동안 씻으면 하얗게 되어 귀한 약이 된답니다."

그러던 어느 날 머리가 하얀 노인이 강림 도령에게 핀잔을 주었어요.

"내 삼천갑자를 살았지만

그런 일은 본 적이 없소."

말이 채 끝나기도 전에

강림 도령은

동방삭을 잡았어요.

43 마른하늘에 날벼락

4-1 과학(3. 화산과 지진), 6-2 국어(4. 효과적인 관용표현) 연계

무슨 뜻일까?

예상하지 못한 상황에서 사고나 재난이 일어났을 때 쓰는 말이야.

이럴 때 쓰는 말이야!

수학 시간에 선생님이 쪽지 시험을 보겠다고 하셨어요.

나는 하늘이 꺼질 것처럼 한숨을 쉬며 말했어요.

"마른하늘에 날벼락 같은 일이야. 갑자기 시험이라니!"

비슷한 말이야!

'청천벽력(靑天霹靂)'은 맑은 하늘에 벼락이라는 뜻이야.

갑자기 일어난 큰 사건을 가리키는 말이지.

화산재에 묻힌 폼페이

서기 79년 8월 24일에 이탈리아의 베수비오 화산이 폭발했어요.

그때 엄청난 양의 흙과 돌이 도시로 쏟아져 내렸어요.

폼페이는 순식간에 화산재에 뒤덮였고, 그대로 묻혀 버렸어요.

폼페이 사람들에게는 마른하늘에 날벼락 같은 일이었지요.

그 후 폼페이를 발굴하기 시작해 지금은 도시의 $\frac{4}{5}$ 가 드러났어요.

폼페이는 화산 폭발로 시간의 흐름이 멈춰

고대 로마시대의 모습을

그대로 간직하고 있다고 해서

'시간이 멈춰 버린 도시'라고

불리게 되었어요.

구두 벗고
뛰어요.
넘어져요.

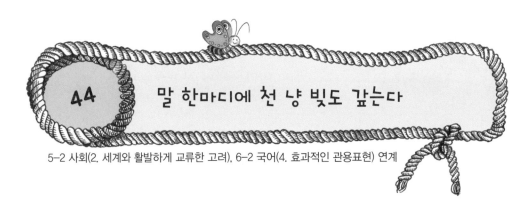

44   말 한마디에 천 냥 빚도 갚는다

5-2 사회(2. 세계와 활발하게 교류한 고려), 6-2 국어(4. 효과적인 관용표현) 연계

무슨 뜻일까?

말만 잘하면 어려운 일이나 불가능해 보이는 일도 잘 해결할 수 있다는
뜻이야.

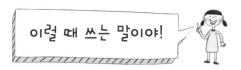

이럴 때 쓰는 말이야!

"머리 스타일을 바꾸니까 꼭 공주님 같아요!"
그 말 때문인지 몰라도 엄마는 며칠째 잔소리를 하지 않아요.
'말 한마디에 천 냥 빚도 갚는다.'는 말을 이제 알 것 같아요.

비슷한 말이야!

'같은 말이라도 아 다르고 어 다르다.'는 어떻게 말하느냐에 따라
받아들이는 사람의 기분이 달라지므로 말조심을 해야 한다는 뜻이야.

거란족과 서희의 담판 이야기

933년에 고려를 공격해 온 거란족은 항복을 요구했어요.

"고려는 옛 신라 땅에서 건국된 나라이다.

고구려의 옛 땅은 거란에 소속되었는데, 왜 고려에서 침범하였는가?"

이때 외교관으로 담판에 나갔던 서희가 당당하게 대답했어요.

"우리 고려는 고구려의 후예이다.

따라서 나라 이름도 고려라 정했고, 발해도 우리의 옛 땅이다.

국경으로 말하면 거란의 동경이 오히려 고려의 영토가 되어야 한다."

서희의 훌륭한 말솜씨로 고려는 옛 고구려의 땅까지 얻어 냈어요.

고려 사람들은 말 한마디에 천 냥 빚도 갚는다면서 기뻐했어요.

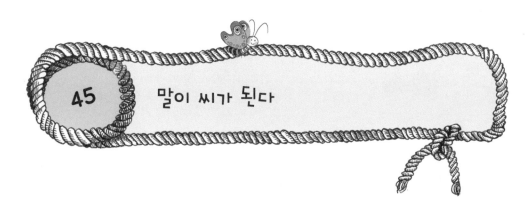

45 말이 씨가 된다

무슨 뜻일까?

늘 말하던 것이 마침내 사실대로 되었을 때를 가리키는 말이야.

말을 항상 조심하라는 뜻이지.

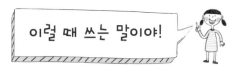

이럴 때 쓰는 말이야!

"팔이라도 부러지면 좋겠어. 깁스를 하면 샤워 안 해도 되잖아."

말이 씨가 되었나 봐요.

체육 시간에 농구하다 넘어져서 팔이 부러졌거든요.

비슷한 말이야!

'입살이 보살이다.'와 '입이 화근이다.'는

아무 생각 없이 내뱉은 말이 불행을 초래한다는 뜻이야.

가짜 약인데 병이 나았다고?

밀가루와 설탕으로 만든 가짜 약을

효과가 좋은 약이라고 설명하며 환자에게 주었어요.

그런데 가짜 약을 먹은 환자의 병이 점점 낫는 일이 벌어졌어요.

이와 같이 환자가 좋아질 것이라고 믿으면

가짜 약도 치료 효과가 나타나는 현상을 '플라시보 효과'라고 해요.

좋은 생각과 좋은 말을 계속하면 좋은 일이 일어난대요.

그래서 말이 씨가 된다는 말도 생겼을 거예요.

사람들이 가지는 믿음의 힘은 굉장한 것 같아요.

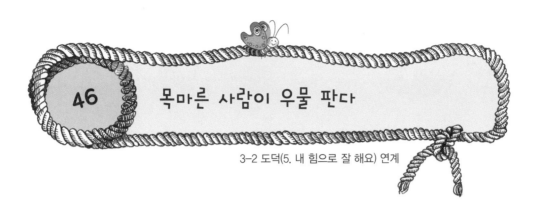

46 목마른 사람이 우물 판다

3-2 도덕(5. 내 힘으로 잘 해요) 연계

무슨 뜻일까?

급한 사람이 서둘러서 일을 시작하게 된다는 뜻이야.

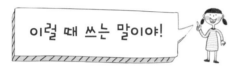

이럴 때 쓰는 말이야!

게임하고 있는 오빠한테 라면 끓여 먹자고 졸랐어요.

"한 시간 후에 끓여 줄게."

목마른 사람이 우물 판다고, 결국 내가 끓였어요.

비슷한 말이야!

'갑갑한 놈이 송사한다.'는

급하고 절실한 사람이 그 일을 먼저 서둘러 하게 된다는 뜻이야.

우리가 만든 보드 게임이 제일 재밌어

요즘 동생이랑 나는 보드 게임에 빠져 있어요.

할리갈리, 우노, 텀블링 몽키 같은 간단한 게임부터

뱅, 우봉고, 루미큐브 같이 머리를 써야 하는 게임까지 다 해요.

새로운 보드 게임을 사고 싶었는데 용돈이 부족했어요.

"목마른 사람이 우물을 파는 거지.

우리가 직접 보드 게임을 만들어 볼까?"

동생도 신나서 그러자고 했어요.

카드에 멋진 그림을 그리고, 우리끼리 규칙도 정했어요.

지금은 우리가 만든 보드 게임을 가장 많이 하고 있어요.

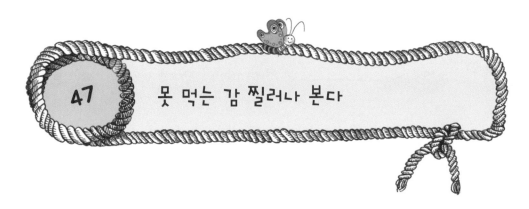

47 못 먹는 감 찔러나 본다

무슨 뜻일까?

제 것으로 못 만들 것 같아 남도 가지지 못하게 심술을 부린다는 뜻이야.

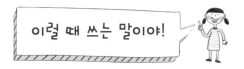

이럴 때 쓰는 말이야!

"내가 한 시간 동안 만든 기찻길을 무너뜨리면 어떡해?"
동생한테 화를 냈더니, 엄마가 말씀하셨어요.
"못 먹는 감 찔러나 본 거지. 네가 못 만지게 하니까 그러지."

비슷한 말이야!

'나 못 먹을 밥에 재 뿌리기'는
자기가 못 먹을 것 같자 남도 못 먹게 하는 심보를 가리키는 말이야.

신데렐라와 유리 구두

신데렐라는 무도회에서 급하게 뛰어나오는 바람에

유리 구두 한 짝을 잃어버렸어요.

왕자는 유리 구두의 주인을 찾아오라고 명령했어요.

신하들이 유리 구두 한 짝을 들고 신데렐라의 집에 들렀어요.

신데렐라의 두 언니들은

못 먹는 감 찔러나 보듯이 서로 신어 보겠다고 난리였어요.

물론 둘 다 발이 커서 맞지 않았어요.

그런데 신데렐라에게 신겼더니 꼭 맞았어요.

그 후 신데렐라는 왕자와 결혼하여 행복하게 잘 살았답니다.

발가락을
접어서 넣어 봐.

구두
망가져요!

발가락도
안
들어가요!

48 물에 빠지면 지푸라기라도 잡는다

무슨 뜻일까?

급할 때는 아무 도움이 될 것 같지 않은 것에도 의지하게 된다는 뜻이야.

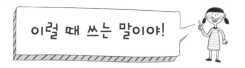

이럴 때 쓰는 말이야!

떡볶이가 너무 먹고 싶어 동생한테 사정했어요.

"저금통에서 1,000원만 꺼내 쓰면 안 될까?"

물에 빠지면 지푸라기라도 잡는다더니, 딱 그 마음이었어요.

이런 말도 있어!

'막다른 골이 되면 돌아선다.'는 막상 급한 상황이 되면

또 다른 꾀가 생겨난다는 뜻이야.

해와 달이 된 오누이 이야기

오누이는 문틈으로 호랑이를 보고 얼른 뒷문으로 도망쳤어요.

그리고 도끼로 나무를 찍어 가며 나무 위로 올라갔어요.

오누이는 물에 빠지면 지푸라기라도 잡는 심정으로 기도했어요.

"하느님, 우리를 살리시려거든 새 동아줄을 내려 주시고,

죽이시려거든 썩은 동아줄을 내려 주세요."

그러자 하늘에서 새 동아줄이 내려왔어요.

그 후 하늘로 올라간 오빠는 달이 되고, 동생은 해가 되었어요.

호랑이는 하늘에서 내려온 썩은 동아줄을 타고 올라가다가

수수밭에 떨어져

죽고 말았어요.

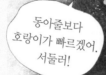

동아줄보다
호랑이가 빠르겠어.
서둘러!

으흐흐,
조금만
더 가면……

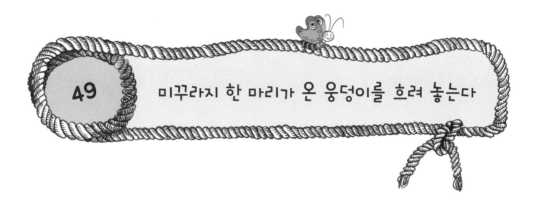

49 미꾸라지 한 마리가 온 웅덩이를 흐려 놓는다

무슨 뜻일까?

한 사람의 좋지 않은 행동이 많은 사람에게 나쁜 영향을 준다는 뜻이야.

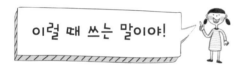

이럴 때 쓰는 말이야!

친구들이랑 복도에서 뛰어다니다가 선생님한테 혼났어요.

"미꾸라지 한 마리가 온 웅덩이를 흐려 놓았네."

꼭 나한테 하는 말 같아서 뒤통수가 따가웠어요.

비슷한 말이야!

'미꾸라지 한 마리가 한강 물을 다 흐린다.'는

한 사람의 잘못으로 여러 사람이 피해를 입는다는 뜻이야.

미꾸라지야, 나랑 놀자

농촌 체험 활동에 갔다가 '미꾸라지 잡기'를 했어요.

'미꾸라지 한 마리가 온 웅덩이를 흐려 놓는다.'는 속담이 있는데,

이번에는 우리가 첨벙첨벙 웅덩이를 흐려 놓았어요.

바지를 무릎까지 걷어 올리고 열심히 찾았지만

진흙물에 꽁꽁 숨은 미꾸라지는 잘 보이지 않았어요.

선생님이 뽀글뽀글 공기 방울이 보이면

양손으로 얼른 잡으라고 말씀하셨어요.

처음에는 미끌미끌해서 다 놓쳤는데 나중에는 양손으로 잘 잡았어요.

미꾸라지가 징그럽게 보였는데 함께 놀았더니 귀여워 보였어요.

잠깐 헤엄치고 놀았더니…… 다음부터는 살살 놀게요.

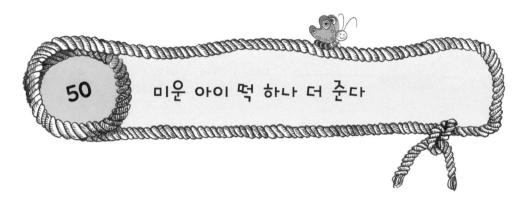

50 미운 아이 떡 하나 더 준다

무슨 뜻일까?

미운 사람일수록 더 잘해 주어서 나쁜 감정이 쌓이지 않도록

해야 한다는 뜻이야.

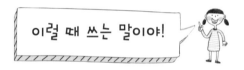

이럴 때 쓰는 말이야!

짝꿍 다은이가 나에게 괜히 신경질을 부렸어요.

화가 나지만 미운 아이 떡 하나 더 준다는 마음으로 잘해 줄 생각이에요.

비슷한 말이야!

'미운 사람에게는 쫓아가 인사한다.'는

미울수록 잘해 주고 감정이 쌓이지 않게 해야 한다는 뜻이야.

나, 책 읽는 남자야

요즘 아침에 30분 일찍 가서 도서실에서 책을 읽고 있어요.

그런데 코 고는 소리를 내면서 잠을 자는 남자아이가 있었어요.

어떻게 하면 도서실이 조용해질 수 있을까 고민을 했어요.

그러다 그 아이가 잠깐 화장실에 갔을 때 초콜릿을 가져다 두었어요.

다음날에는 오렌지주스를 올려놓았어요.

미운 아이 떡 하나 더 준다는 심정이었지요.

며칠이 지나자, 그 남자아이는 열심히 책을 읽기 시작했어요.

자기를 좋아하는 여자아이가 지켜보고 있다고 생각했나 봐요.

51 믿는 도끼에 발등 찍힌다

무슨 뜻일까?

믿고 있던 사람에게 배신을 당해서 피해를 입는다는 뜻이야.

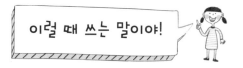

이럴 때 쓰는 말이야!

생일 파티에 제일 친한 상민이가 안 왔어요.

가족이랑 워터파크에 갔대요.

믿는 도끼에 발등 찍힌다더니, 속상해서 웃을 수가 없었어요.

비슷한 말이야!

'제 도끼에 제 발등 찍힌다.'는 자기가 한 일이 자신에게 피해를

주게 되는 경우에 쓰는 말이야.

이사하기 좋은 날이라면서요?

"이사하려면 손 없는 날을 잡아야죠."

엄마랑 아빠가 이사를 앞두고 이야기를 나누고 계셨어요.

"손 없는 날이 뭐예요?"

궁금해서 여쭈어 보았더니 아빠가 설명해 주셨어요.

"손 없는 날에서 손은 '손님'을 의미하는데, 바로 귀신을 말한단다.

이사할 때 손 없는 날을 따지는 사람들이 아직도 많지."

그런데 이삿날 아침에 일어나 보니 비가 쏟아지고 있었어요.

"손 없는 날은 이사하기 좋다더니 믿는 도끼에 발등 찍혔네요."

엄마랑 아빠도 걱정이 되는 것 같았어요.

113

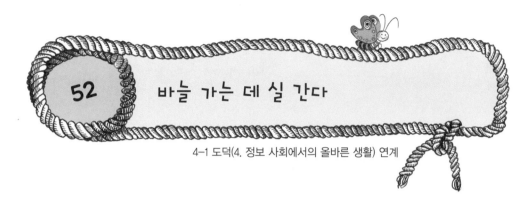

52 바늘 가는 데 실 간다

4-1 도덕(4. 정보 사회에서의 올바른 생활) 연계

무슨 뜻일까?

바늘과 실처럼 한 몸처럼 늘 붙어 다니는 사람들을 뜻하는 말이야.

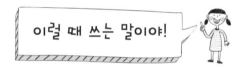

이럴 때 쓰는 말이야!

수지랑 민영이는 어렸을 때부터 친구래요.
그래서 그런지 둘은 지금도 바늘 가는 데 실 가듯이
어딜 가든 꼭 붙어 다녀요.

비슷한 말이야!

'용 가는 데 구름 간다.'는 항상 함께 하는 두 사람의 긴밀한 관계를
뜻하는 말이야.

114

스마트폰이랑 내가 단짝이라고?

요즘 나는 새로 산 스마트폰에 푹 빠져 있었어요.

잠을 잘 때에도, 밥을 먹을 때에도 스마트폰을 내려놓지 않았어요.

물론 친구들이랑 놀 때도 스마트폰을 들고 갔어요.

그러던 어느 날이었어요.

"태희야, 학교 끝나고 떡볶이 먹으러 갈까?"

"바늘 가는 데 실 간다는데, 네 친구 스마트폰이랑 안 가도 돼?"

태희의 놀림을 받고 나서 나는 많은 생각을 했어요.

그래서 지금은 친구랑 놀 때는 스마트폰을 안 가지고 다녀요.

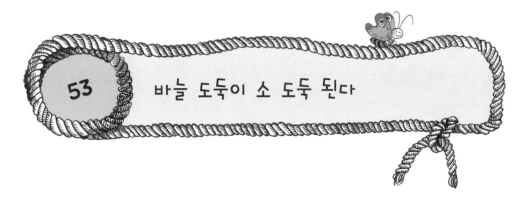

53 바늘 도둑이 소 도둑 된다

무슨 뜻일까?

작은 나쁜 일도 자꾸 하게 되면 큰 죄를 저지르게 된다는 뜻이야.

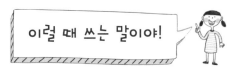

이럴 때 쓰는 말이야!

윤재는 피씨(PC)방에 가려고 엄마 지갑에서 몰래 1,000원을 꺼냈어요.
나중에 그 사실을 알게 된 엄마는 윤재를 혼내셨어요.
"바늘 도둑이 소 도둑 되는 법이야."

비슷한 말이야!

'바늘 쌈지에서 도둑이 난다.'는 처음에는 하찮은 것에 손을 대더라도
후에는 큰 것까지 훔치게 된다는 뜻이야.

우리 반에 소 도둑이 있는 거야?

교실에서 연필, 지우개를 잃어버렸다는 아이들이 많았어요.

지난주에는 교통카드가 없어지는 큰일도 벌어졌어요.

선생님께서 물건을 가져간 사람은 가져다 놓으라고 했지만

사라진 교통카드는 돌아오지 않았어요.

급기야 어제는 지갑이 없어지는 사고가 일어났어요.

몹시 화가 난 선생님은 이렇게 말씀하셨어요.

"바늘 도둑이 소 도둑이 된 것 같아요. 범인을 잡아야겠어요."

어찌된 일인지 그 후로 물건이 사라지는 일이 없어졌어요.

바늘 도둑인지, 소 도둑인지를

선생님이 정말로

잡은 걸까요?

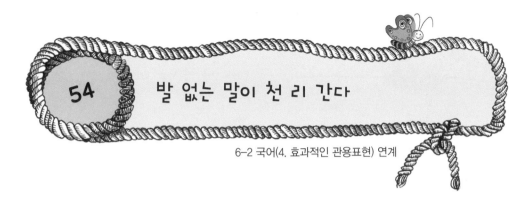

54 발 없는 말이 천 리 간다

6-2 국어(4. 효과적인 관용표현) 연계

무슨 뜻일까?

한 번 내뱉은 말은 소문으로 잘 퍼지니 말조심을 해야 한다는 뜻이야.

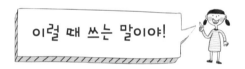

이럴 때 쓰는 말이야!

어제 놀이터에서 지수랑 크게 싸웠어요.

발 없는 말이 천 리 간다더니,

오늘 학교에 갔더니 선생님과 아이들이 다 알고 있었어요.

비슷한 말이야!

'낮말은 새가 듣고 밤말은 쥐가 듣는다.'는

남이 듣든 아니든 간에 항상 말을 조심해야 한다는 뜻이야.

소문낸 게 누구야?

이발사는 임금님의 당나귀 귀를 보고 돌아온 뒤에

끙끙 앓기 시작했어요.

누구에게든 말하고 싶어 입이 근질근질했거든요.

하지만 죽을 때까지 비밀로 하라는 명령을 지켜야 했어요.

이발사는 도저히 참을 수 없어 대나무 숲에 가서 크게 외쳤어요.

"임금님 귀는 당나귀 귀!"

그런데 발 없는 말이 천 리 간다는 말이 사실이었나 봐요.

언젠가부터 이 사실을 모르는 사람이 하나도 없게 되었거든요.

알고 보니 바람이 불면 대나무 숲에서

'임금님 귀는 당나귀 귀!'라고 울렸던 거래요.

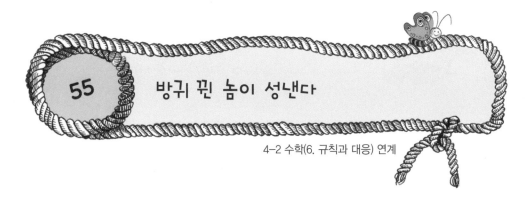

55 방귀 뀐 놈이 성낸다

4-2 수학(6. 규칙과 대응) 연계

무슨 뜻일까?

잘못을 저지른 사람이 오히려 더 화를 낸다는 뜻이야.

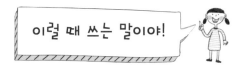
이럴 때 쓰는 말이야!

철민이가 축구를 하다가 준호의 다리를 실수로 찼어요.
그런데 방귀 뀐 놈이 성낸다고
준호한테 왜 못 피했느냐고 화를 내지 뭐예요.

비슷한 말이야!

'적반하장(賊反荷杖)'은 잘못한 사람이 도리어 잘한 사람을 나무란다는
뜻이야.

120

힌트를 줘야 풀지

수민이가 쉬는 시간에 '2538946'이라고 써 있는 쪽지를 주었어요.

그리고 방과 후에 와서는 다짜고짜 화를 내지 뭐예요.

"점심시간에 철봉 앞으로 나오라니까 왜 안 나왔어?"

무슨 말이냐고 물었더니 쪽지의 숫자가 그 암호였대요.

"방귀 뀐 놈이 성낸다더니 숫자만 보고 그걸 어떻게 푸니?"

그제야 생각났다는 듯 수민이가 주머니에서 쪽지를 꺼냈어요.

"그러고 보니 힌트 쪽지를 안 줬네!"

힌트 쪽지를 놓고 풀어 보니 '점심시간 철봉 앞'이었어요.

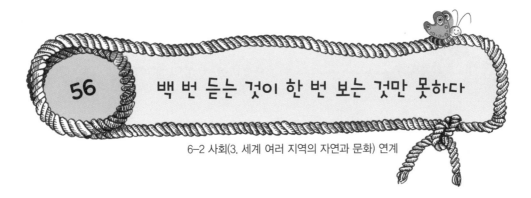

56 백 번 듣는 것이 한 번 보는 것만 못하다

6-2 사회(3. 세계 여러 지역의 자연과 문화) 연계

무슨 뜻일까?

말로 듣기만 하는 것보다 눈으로 한 번 보는 게 더 확실하다는 뜻이야.

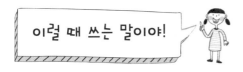

이럴 때 쓰는 말이야!

태민이는 복도에서 뛴다고 혼나도 계속 뛰어 다녔어요.

그런데 호영이가 넘어져 다치는 걸 보더니 더 이상 뛰지 않아요.

백 번 듣는 것이 한 번 보는 것만 못했나 봐요.

비슷한 말이야!

'백문(百聞)이 불여일견(不如一見)'은

직접 경험해야 확실히 알 수 있다는 말이야.

신비로운 고대 도시, 마추픽추

페루에 있는 마추픽추라는 고대 도시는 해발 2,057미터에 있어요.

한라산 꼭대기에 어마어마한 도시가 있는 것과 같아요.

마추픽추는 높은 산 위에 있는데다 수풀로 가려져 있어

오랜 시간 동안 발견되지 않아서 '잃어버린 도시'라고 불렸어요.

밑에서는 볼 수 없고 공중에서만 볼 수 있다고 해서

'공중 도시'라고도 불려요.

마추픽추를 다녀온 사람들은

백 번 듣는 것이 한 번 보는 것만 못하다고들 말해요.

언젠가 나도 마추픽추에 꼭 한 번 가 보고 싶어요.

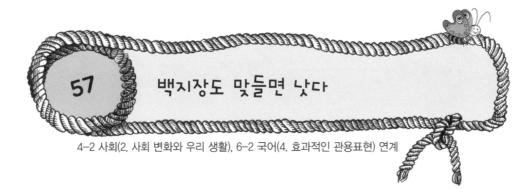

57 백지장도 맞들면 낫다

4-2 사회(2. 사회 변화와 우리 생활), 6-2 국어(4. 효과적인 관용표현) 연계

무슨 뜻일까?

백지장은 '하얀 종이', 맞들다는 '함께 든다.'는 뜻이야.

아주 쉬운 일도 다른 사람과 함께 하면 더 쉽다는 말이지.

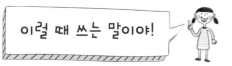

이럴 때 쓰는 말이야!

준석이와 근호는 학교에 갈 때도, 집에 올 때도 늘 함께 다녀요.

준석이가 청소 당번일 때는 백지장도 맞들면 낫다면서

근호가 도와줘요.

엄마 혼자는 이제 그만!

"올해부터 명절 준비는 온 가족이 함께 하도록 하자."

엄마가 단호한 표정으로 말씀하셨어요.

백지장도 맞들면 낫다고, 엄마 혼자 하던 명절 준비를

온 가족이 함께 했더니 몇 시간 만에 뚝딱 끝났어요.

여덟 살짜리 주민이도 열심히 그릇을 날랐고,

아빠랑 나는 나물을 다듬고, 엄마는 전을 부치셨어요.

"이제부터 집안일도 한 가지씩 맡아서 하면 어떨까?"

아빠의 말에 엄마가 환하게 웃으셨어요.

이제 먹고
할까요, 엄마!

날마다 오늘
같았으면
좋겠구나!

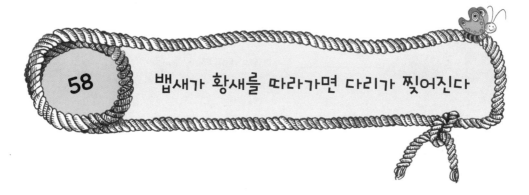

58 뱁새가 황새를 따라가면 다리가 찢어진다

무슨 뜻일까?

뱁새는 작은 새이고, 황새는 다리가 긴 큰 새야.

분수에 넘치는 일을 하면 도리어 손해를 입게 된다는 뜻이야.

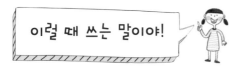

이럴 때 쓰는 말이야!

소희는 어제는 친구처럼 핑크색 원피스를 사 달라고 졸랐고,

오늘은 보글보글 파마를 해 달라고 졸랐어요.

엄마는 뱁새가 황새를 따라가면 다리가 찢어진다고 말씀하셨어요.

비슷한 말이야!

'송충이는 솔잎을 먹고 살아야 한다.'는

자신의 처지에 맞게 행동해야 한다는 뜻이야.

욕심이 과했어

따뜻한 봄날이 되면 자전거 타러 나오는 사람들이 많아요.

나도 친구랑 자전거를 타러 공원에 나갔어요.

신나게 달리는 사람들을 따라 나도 열심히 달렸어요.

나중에 시계를 보니 자전거를 세 시간이나 타고 있었어요.

다음날 아침에 일어났더니 다리가 당기고 아팠어요.

계단을 올라갈 때는 저절로 신음 소리가 나왔어요.

뱁새가 황새를 따라가면 다리가 찢어진다더니,

짧은 코스를 타지 않은 걸 후회했어요.

올해 미스 황새로 뽑혔어요.

나도 우아하게 걷고 싶어!

127

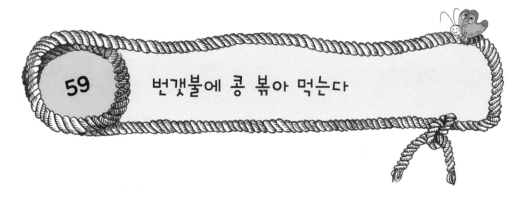

59 번갯불에 콩 볶아 먹는다

무슨 뜻일까?

번쩍 하는 번갯불에 콩을 볶아 먹을 정도로 급하게 행동한다는 뜻이야.

해야 할 일을 당장 못해서 안달하는 조급한 성질을 가리키기도 해.

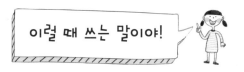

이럴 때 쓰는 말이야!

"엄마, 숙제 다 하고 나서 컴퓨터 게임 해도 돼요?"

그러라는 말에 나는 번갯불에 콩 볶아 먹는 것처럼 숙제를 해치웠어요.

비슷한 말이야!

'우물에 가 숭늉 찾는다.'는 일의 순서도 모르고 성급하게 덤빈다는

뜻이야.

말릴 틈은 줘야지

오늘 학교에서 떡 만들기 특별 수업이 있었어요.

불을 끄고 나서 떡이 든 찜통을 열었더니 하얀 김이 펄펄 나왔어요.

"한 김 식힌 후에 먹어야 해요. 안 그러면 큰일 나요."

선생님의 말씀이 채 끝나기도 전에

도영이는 번갯불에 콩 볶아 먹는 것처럼 날름 떡을 집어먹었어요.

옆에 있던 내가 말릴 새도 없었어요.

"으~악! 앗, 뜨거!"

도영이는 혓바닥이 데이고, 입천장이 홀랑 벗겨지고 말았어요.

결국 우리가 떡 먹을 때

도영이는 구경만 해야 했어요.

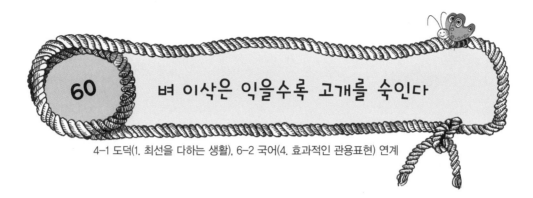

60 벼 이삭은 익을수록 고개를 숙인다

4-1 도덕(1. 최선을 다하는 생활), 6-2 국어(4. 효과적인 관용표현) 연계

무슨 뜻일까?

훌륭한 사람일수록 거만하지 않고 겸손하게 자신을 낮춘다는 뜻이야.

이럴 때 쓰는 말이야!

나는 이번에 시험 본 네 과목 중에서 세 과목을 100점 맞았어요.

벼 이삭은 익을수록 고개를 숙인다는 말을 듣고,

잘난 척하지 않으려고 얼마나 노력하는지 몰라요.

이런 말도 있어!

'낭중지추(囊中之錐)'는 뾰족한 송곳은 가만히 있어도

주머니를 뚫고 나온다는 뜻이야.

능력이 뛰어난 사람은 다른 사람들이 금세 알아본다는 말이지.

나는 떡을 썰 테니 너는 글씨를 쓰거라

한석봉은 집에서 멀리 떨어진 곳에서 글씨 공부를 하고 있었어요.

어느 날 밤에 어머니가 그리웠던 한석봉이 집으로 돌아왔어요.

글씨 공부를 마쳤다는 아들에게 어머니가 제안을 하셨어요.

"불을 꺼 놓고 나는 떡을 썰고 너는 글씨를 쓰도록 하자."

나중에 불을 밝혔더니 어머니의 가래떡은 고르게 썰렸는데,

석봉의 글씨는 엉망이었어요.

"벼 이삭은 익을수록 고개를 숙인다고 했느니라.

자만하지 말고 글씨 공부를 더 하고 오너라."

그날 밤에 한석봉은 어머니로부터 큰 깨달음을 얻었고,

훗날 명필로 이름을 떨치게 되었어요.

131

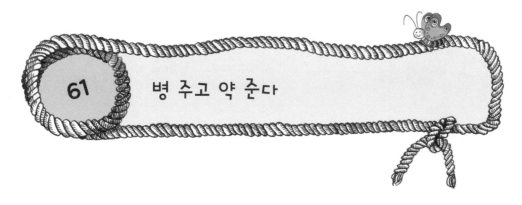

61 병 주고 약 준다

무슨 뜻일까?

남에게 피해를 주거나 일을 망치게 한 후에 도와주는 척한다는 뜻이야.

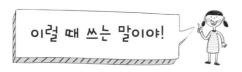

이럴 때 쓰는 말이야!

재훈이가 미끄럼틀에서 나를 밀었어요.

병 주고 약 주는 것도 아니고,

울고 있는 나에게 와서 초콜릿을 주었어요.

이런 말도 있어!

'어르고 뺨치기'는 그럴듯한 말로 꾀어 남을 괴롭힌다는 뜻이야.

놀부가 큰 벌을 받았대

흥부가 제비 다리를 고쳐 주고 받은 박씨를 심어 키웠더니

어마어마한 보물이 쏟아져서 부자가 되었대요.

소문은 욕심쟁이 놀부의 귀에도 들어갔어요.

놀부는 당장에 제비를 잡아 다리 하나를 부러뜨렸어요.

그러고는 부러진 다리를 붕대로 감아 주었어요.

완전히 병 주고 약 주고였지요.

다음해 봄에 기다렸던 제비가 진짜로 박씨를 물고 돌아왔어요.

박이 주렁주렁 열렸고, 놀부는 보물을 기대하며 박을 탔어요.

그런데 웬걸 냄새 나는 똥물이 쏟아져 나오고,

무서운 도깨비들이 튀어나와

놀부를 혼내 주었대요.

제비 다리
부러뜨린 게
너라며?

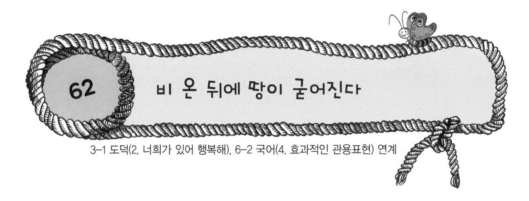

62 비 온 뒤에 땅이 굳어진다

3-1 도덕(2. 너희가 있어 행복해), 6-2 국어(4. 효과적인 관용표현) 연계

무슨 뜻일까?

어떤 시련을 겪은 뒤에는 더 강해진다는 뜻이야.

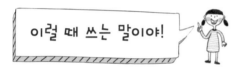

이럴 때 쓰는 말이야!

지난 달에 영어 시험을 망쳐서 이번에 열심히 공부했어요.

비 온 뒤에 땅이 굳어진다고 95점을 받아서 칭찬 받았어요.

이런 말도 있어!

'고진감래(苦盡甘來)'는 고생이 끝나면 좋은 일이 찾아온다는 뜻이야.

우리는 둘도 없는 단짝이야

조별 토론 숙제를 하다가 수정이와 윤정이가 심하게 다투었어요.

둘의 의견이 아주 많이 달랐거든요.

수정이와 윤정이는 그날 바로 후회했지만

자존심 때문에 사과를 하지 못했어요.

그 뒤로 둘은 더 이상 이야기를 나누지 않고 숙제를 했어요.

그런데 발표 전날에 숙제를 확인하다가 깜짝 놀라고 말았어요.

수정이는 윤정이의 의견으로, 윤정이는 수정이의 의견으로

숙제를 했기 때문이에요.

둘은 한참 동안 서로 마주보더니 배시시 웃었어요.

비 온 뒤에 땅이 굳어지듯이 둘은 더 친한 단짝이 되었어요.

아니야. 내가
더 미안해.

그때 짜증낸 거
미안해.

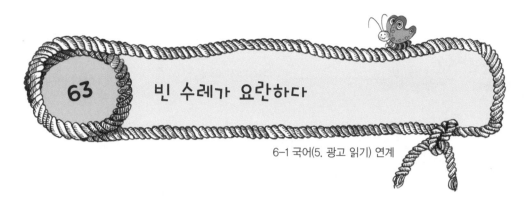

63 빈 수레가 요란하다

6-1 국어(5. 광고 읽기) 연계

무슨 뜻일까?

실력이 없는 사람이 더 떠들어 댄다는 뜻이야.

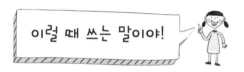

이럴 때 쓰는 말이야!

성호는 회장 선거에서 뭐든 1등 하는 반으로 만들겠다고 큰소리쳤어요.
빈 수레가 요란한 법인데, 잘할 수 있을지 걱정이에요..

비슷한 말이야!

'소문난 잔치에 먹을 것 없다.'는
크게 기대했는데 실제로 보니 보잘 것 없다는 뜻이야.

광고는 광고일 뿐이야

엄마는 냉장고를 새로 사면서 몇 날 며칠 고민을 했어요.

매장에도 여러 번 나갔고, 밤늦게까지 인터넷도 검색했어요.

여러 제품을 놓고 꼼꼼하게 비교해서 살 거라고 하셨어요.

일주일을 고민한 끝에 드디어 새 냉장고가 집에 들어왔어요.

영화배우가 광고를 하고, 정수기도 달린 냉장고였어요.

그런데 사흘도 지나지 않아서 냉장고가 고장 나고 말았어요.

"빈 수레가 요란하다더니 광고를 믿는 게 아니었어."

AS 신청을 하고 나서 엄마는 한숨을 쉬셨어요.

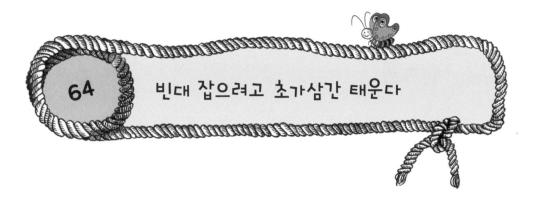

64 빈대 잡으려고 초가삼간 태운다

무슨 뜻일까?

작은 잘못을 바로잡으려다 오히려 큰일을 망친다는 뜻이야.

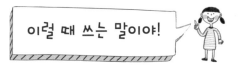

이럴 때 쓰는 말이야!

동생이 새로 산 지우개가 지저분하다며 칼로 잘라 냈어요.
엄마가 고개를 절레절레 저으며 말씀하셨어요.
"빈대 잡으려고 초가삼간 태우는 격이구나."

비슷한 말이야!

'닭 잡는 데 소 잡는 칼 휘두른다.'는 작은 일을 처리하는 데
엄청난 도구를 사용할 필요가 없다는 뜻이야.

빈대가 웃을 일이야

김 씨는 초가집의 따뜻한 아랫목에 누워 쉬고 있었어요.

그런데 몸이 가려워 이불을 들춰 보니 빈대가 보였어요.

빈대는 몇 날 며칠을 잡아도 또 나오고 또 나왔어요.

머리끝까지 화가 난 김 씨는 밖으로 나와 초가집에 불을 붙였어요.

"이제 더 이상 살아남을 빈대는 없을 거야."

기분이 좋아진 김 씨는 껄껄껄 웃었어요.

불이 난 것을 보고 달려온 마을 사람들이 말했어요.

"빈대 잡겠다고 집을 태웠다고? 기가 막혀 말이 나오지 않는구만."

'빈대 잡으려고 초가삼간 태운다.'는 말은 이렇게 생겨났대요.

65 빛 좋은 개살구

무슨 뜻일까?

겉만 번지르르하고 내용이 없는 경우를 가리키는 말이야.

개살구는 겉으로 보기에는 먹음직스럽지만 시고 떫고 맛이 없거든.

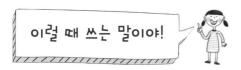

이럴 때 쓰는 말이야!

우리 반에서 제일 큰 민수가 달리기에서 꼴찌를 했어요.

그나마 기분이 안 좋은데,

친구들이 빛 좋은 개살구라고 놀려서 울고 말았어요.

비슷한 말이야!

'속 빈 강정'은 겉만 그럴 듯해 보이고 알맹이가 없다는 뜻이야.

오늘은 잡을 수 있을지 몰라

비가 그치고 운동장 너머에 무지개가 떴어요.

나는 오늘은 왠지 무지개를 잡을 수 있을 것 같다고 말했어요.

친구들은 말도 안 되는 소리를 한다며 웃어 댔어요.

민규가 나에게 한마디 했어요.

"똑똑한 줄 알았더니 빛 좋은 개살구네.

그렇게 자신 있으면 정말 무지개를 잡아 오든가."

나는 운동장 끝까지 뛰어갔어요.

무지개는 여전히 멀리 있었고,

나는 빈손으로 돌아올 수밖에 없었어요.

무지개를 잡아 오면 일주일 청소 대신해 줄게.

오늘은 정말 잡힐 것 같은데……

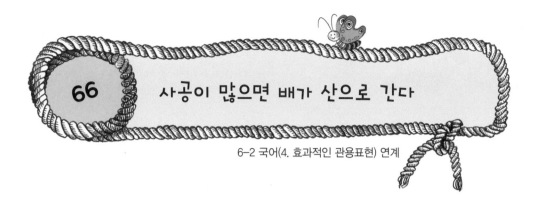

66 사공이 많으면 배가 산으로 간다

6-2 국어(4. 효과적인 관용표현) 연계

무슨 뜻일까?

지시하고 간섭하는 사람이 많으면 일이 엉뚱한 방향으로 진행된다는
뜻이야.

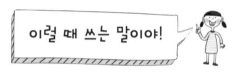

이럴 때 쓰는 말이야!

"다른 사람의 의견도 들어야지 너희들 생각만 고집하면 어떡해?
사공이 많으면 배가 산으로 간다는 말 몰라?"

비슷한 말이야!

'작사도방(作舍道傍)'은 길가에 집짓기라는 뜻이야.
일을 하려는데 여러 사람의 의견이 서로 달라서
얼른 결정하지 못한다는 말이지.

142

똑똑한 사람들이 왜 그래?

메러디스 벨빈 교수는 뛰어난 인재들이 모여 일을 하면

굉장한 결과가 나올 것이라고 생각했어요.

그래서 똑똑한 사람들로 구성된 아폴로 팀과 보통 사람들의 팀이

게임을 했을 때 어느 쪽이 이기나 하는 실험을 했어요.

실험 결과가 나왔을 때 많은 사람들이 깜짝 놀랐어요.

25개의 아폴로 팀 중에서 3개 팀만 보통 팀을 이겼기 때문이에요.

아폴로 팀은 사공이 많아 배가 산으로 가는 경우가 많았어요.

서로 자기 의견을 내세우느라 의견을 하나로 모으지 못했던 거예요.

이와 같이 뛰어난 인재들이 모인 집단에서 오히려 성과가 낮은 현상을

가리켜 '아폴로 신드롬'이라고 해요.

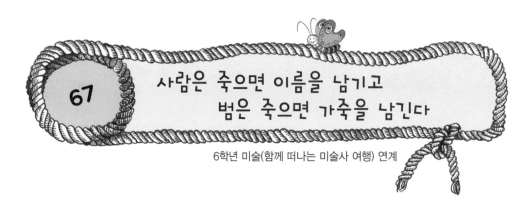

67 사람은 죽으면 이름을 남기고 범은 죽으면 가죽을 남긴다

6학년 미술(함께 떠나는 미술사 여행) 연계

무슨 뜻일까?

호랑이가 죽으면 멋진 가죽을 남기듯이,

사람은 살았을 때 명예로운 일을 해야 한다는 뜻이야.

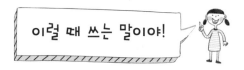

이럴 때 쓰는 말이야!

선생님께서 '나의 꿈'이라는 글짓기 숙제를 내 주셨어요.

"사람은 죽으면 이름을 남기고 범은 죽으면 가죽을 남긴다고 했어요.

죽은 후에 이름을 남기려면 어떻게 해야 할까에 대해 글을 써 오세요."

비슷한 말이야!

'호사유피 인사유명(虎死留皮 人死留名)'은

호랑이는 죽어서 가죽을 남기고 사람은 죽어서 이름을 남긴다는 뜻이야.

누가 에펠탑을 흉물이라고 했어?

에펠탑은 1889년에 구스타프 에펠이

프랑스 혁명 100주년을 기념하여 만들었어요.

에펠탑이 지금은 전 세계인의 사랑을 받고 있지만

처음 만들어졌을 때 사람들은 흉물스럽다고 생각했어요.

하지만 에펠은 자신이 만든 에펠탑에 자부심을 가지고 있었어요.

당시에는 많은 비난을 받았지만

100년이 지난 지금은 에펠이라는 이름을 모르는 사람이 없어요.

사람은 죽으면 이름을 남기고 범은 죽으면 가죽을 남긴다고

했는데, 그러고 보면 에펠은

정말 대단한 사람이에요.

파리에
에펠탑
보러 오세요!

내가 어렸을 땐
흉물이라고
했어.

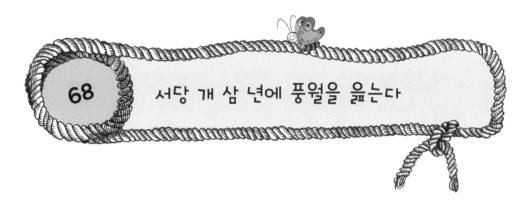

68 서당 개 삼 년에 풍월을 읊는다

무슨 뜻일까?

어떤 분야에 대해 전혀 모르던 사람도 그 분야에 오래 있다 보면
어느 정도의 지식을 갖출 수 있다는 뜻이야.

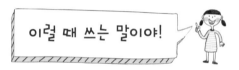

이럴 때 쓰는 말이야!

엄마가 늦게 들어오신다고 해서 내가 저녁상을 차렸어요.
아빠가 흐뭇하게 웃으며 칭찬하셨어요.
"서당 개 삼 년에 풍월을 읊는다더니, 승호가 밥상을 차렸구나."

비슷한 말이야!

'당구풍월(堂狗風月)'은 서당에서 기르는 개가 풍월을 읊는다는 뜻이야.

146

꼭 산악 구조대원 같아

어제는 태현이랑 아파트 뒷산에 올라갔어요.

올라갈 때는 힘들어서 기어갔는데

내려올 때는 신이 나서 뛰어 내려오다시피 했어요.

그러다 다리를 삐끗해서 넘어지고 말았어요.

태현이가 배낭에서 붕대를 꺼내더니, 내 발목에 감아 주었어요.

"붕대도 챙겨 왔네. 그런데 붕대 감는 법은 알아?"

"서당 개 삼 년에 풍월을 읊는다잖아.

내가 산악 구조대원 아들인 거 몰라?"

붕대를 감아 주는 태현이가 산악 구조대원처럼 멋있게 보였어요.

147

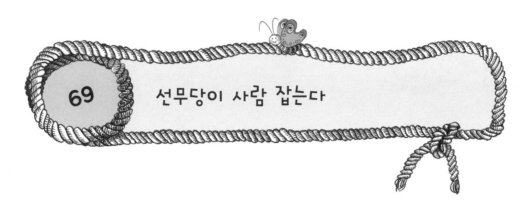

69 선무당이 사람 잡는다

무슨 뜻일까?

잘 알지도 못하면서 함부로 나서다가 큰일을 저지른다는 말이야.

선무당은 '서투른 무당'이라는 뜻이야.

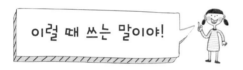

이럴 때 쓰는 말이야!

수학 문제를 풀고 있는데 재현이가 쉬운 방법을 안다며 잘난 척했어요.

선무당이 사람 잡는다고, 알려준 대로 풀고 채점했더니 다 틀렸어요.

비슷한 말이야!

'반풍수 집안 망친다.'는 서투른 재주를 믿고 일을 벌이다가

도리어 망칠 수도 있다는 뜻이야.

반풍수(半風水)란 '서투른 풍수가'를 가리키지.

엉터리 민간요법을 조심해

배가 아플 때 손으로 살살 쓰다듬듯이 문지르면 덜 아파요.

잠이 안 올 때 따뜻한 물에 반신욕을 하면 잠이 잘 와요.

이러한 방법을 민간요법이라고 해요.

그런데 엉터리 민간요법도 있으니 조심해야 해요.

화상 입은 데 된장을 바르면 낫는다는 이야기는 엉터리예요.

선무당이 사람 잡는다고,

이걸 믿고 된장을 발랐다가는 염증이 심해지고 말 거예요.

화상을 입으면 일단 흐르는 찬물에 열을 식혀 주세요.

그리고 나서 화상 연고를 바르고, 심하면 병원에 가야 해요.

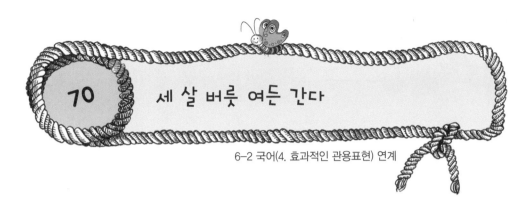

70 세 살 버릇 여든 간다

6-2 국어(4. 효과적인 관용표현) 연계

무슨 뜻일까?

어렸을 때의 버릇은 몸에 배어 죽을 때까지 고치기 힘들다는 뜻이야.

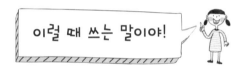

이럴 때 쓰는 말이야!

엄마한테 거짓말하고 친구랑 놀러 간 게 들통 나고 말았어요.

"세 살 버릇 여든 간다는데 큰일이구나.

또 거짓말 할 거야, 안 할 거야?"

비슷한 말이야!

다산 정약용은 속담집 《이담속찬》에서 세 살 버릇 여든 간다를

'삼세지습 지우팔십(三歲之習 至于八十)'이라고 소개했어.

150

어떻게 하면 음식을 안 남길까?

1. 바른 자세로 앉아 먹기

2. 시끄럽게 소리 내면서 먹지 않기

3. 입 안에 음식물이 있을 때 말하지 않기

4. 음식을 남기지 않기

선생님은 '바른 식사 습관 4가지'를 우리 반 규칙으로 정하셨어요.

세 살 버릇 여든 간다면서 지금부터 식사 습관을 고쳐야 한대요.

이 중에서 나는 4번이 가장 어려워요.

어떻게 하면 국이랑 반찬을 안 남길 수 있을까요?

바른 자세로 앉아서 먹어야 해!   시끄럽게 소리 내면서 먹지 마!   음식은 남기면 안 돼!

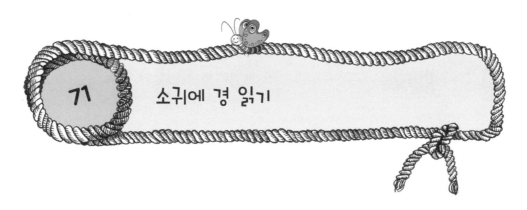

71　소귀에 경 읽기

무슨 뜻일까?

아무리 가르치고 알려 줘도 알아듣지 못한다는 뜻이야.

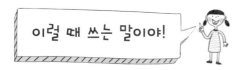

이럴 때 쓰는 말이야!

엄마는 아빠한테 세탁기 사용법을 3번이나 알려 주셨대요.

오늘도 잘 모르겠다는 아빠에게 엄마가 말씀하셨어요.

"소귀에 경 읽기도 아니고……. 이번이 마지막이에요."

비슷한 말이야!

'마이동풍(馬耳東風)'은 말의 귀에 동풍이 불어도

아랑곳하지 않는다는 뜻이야.

남의 의견을 귀담아듣지 않고 흘려듣거나 무시한다는 말이지.

이건 백설기 같은 지우개예요

민찬이는 먹는 것을 엄청 좋아해요.

수업 시간에도 과자를 꺼내 먹다가 몇 번이나 들켰어요.

선생님한테 혼나고 다음날에 또 걸린 적도 있어요.

선생님은 소귀에 경 읽기가 따로 없다고 말씀하셨어요.

어느 날은 민찬이가 백설기를 간식으로 싸 왔어요.

그날도 수업 시간에 먹으려다가 선생님과 눈이 딱 마주쳤어요.

당황한 민찬이는 백설기를 지우개인 척하며

공책의 글자를 빡빡 지웠어요.

민찬이를 본 선생님은 기가 막혀 웃고 말았어요.

지…지우개
냄새일 거예요.

어디서
떡 냄새가
나는데?

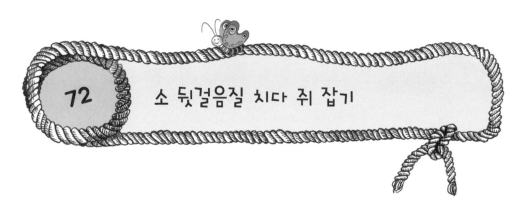

72 소 뒷걸음질 치다 쥐 잡기

무슨 뜻일까?

의도하지 않은 행동으로 우연히 어떤 일에 성공한다는 뜻이야.

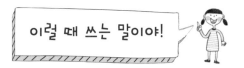

이럴 때 쓰는 말이야!

마트에 초콜릿을 사러 갔는데 1주년 이벤트를 하고 있었어요.

크게 기대하지도 않았는데 초콜릿 한 상자에 당첨되었어요.

소 뒷걸음질 치다 쥐 잡은 격이지 뭐예요.

비슷한 말이야!

'봉사 문고리 잡기'는 그럴 능력이 없는 사람이 운이 좋아서

어떤 일을 이루어냈다는 뜻이야.

정말 실수로 만든 거야?

포스트잇은 3M이라는 회사에서 실수로 태어난 발명품이에요.

원료를 잘못 넣어 접착력이 약한 풀이 만들어진 거래요.

붙이기만 하면 자꾸 떨어지니 풀로 사용할 수는 없었어요.

이때 한 직원이 발상을 전환시키는 아이디어를 냈어요.

붙였다가도 흔적 없이 떼어 낼 수 있는 풀로 사용하자는 것이었지요.

포스트잇이라고 이름 붙인 이 상품 덕분에 3M은

세계적인 회사로 성장할 수 있었어요.

소 뒷걸음질 치다 쥐 잡기로 만들어진 포스트잇이

세계적인 히트 상품이 되었거든요.

포스트잇이
이렇게 인기 있을
줄 몰랐어요.

155

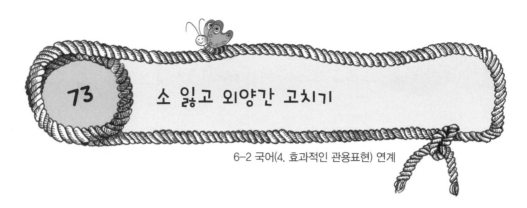

73 소 잃고 외양간 고치기

6-2 국어(4. 효과적인 관용표현) 연계

무슨 뜻일까?

일이 실패한 다음에 뒤늦게서야 깨닫고 대비를 한다는 뜻이야.

이미 일이 잘못된 후에는 후회해 봤자 소용없다는 말이지.

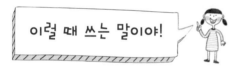

이럴 때 쓰는 말이야!

피아노 연주회를 앞두고 자꾸 지각했더니, 선생님이 말씀하셨어요.

"연주회를 망친 후에 후회하는 건 소 잃고 외양간 고치기란다.

지금 열심히 연습해야 나중에 후회하는 일이 없을 거야."

비슷한 말이야!

'열흘날 잔치에 열하루날 병풍 친다.'는

때를 다 놓치고 뒤늦게 행동한다는 뜻이야.

156

후회해도 소용없는 일이오

중국 초나라의 왕에게 장신은 탐관오리를 멀리 하라고 조언했어요.

왕은 귀담아듣지 않았고, 결국 진나라에 나라를 빼앗기고 말았어요.

왕은 그제야 잘못을 깨닫고 장신을 찾아가 도움을 청했어요.

그러자 장신이 왕에게 망양보뢰(亡羊補牢)라는 말을 남겼어요.

망양보뢰란 '양을 잃은 후에야 우리를 고친다.'는 뜻이에요.

소 잃고 외양간 고친다와 같은 말이지요.

일이 잘못된 후에 바로잡는 것은 아무 소용이 없다는 의미예요.

74 쇠뿔도 단김에 빼라

5-2 사회(1. 우리 역사의 시작과 발전) 연계

무슨 뜻일까?

든든히 박힌 소의 뿔을 뽑으려면 불로 달구어 놓아

흐물흐물해졌을 때 뽑아야 한다는 뜻이야.

어떤 일이든 하려고 마음먹었다면 망설이지 말고 행동하라는 말이지.

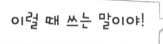
이럴 때 쓰는 말이야!

"엄마, 쇠뿔도 단김에 빼라는 말이 있잖아요.

주말에 워터파크 갈 거라면 지금 예약하는 게 어떨까요?"

이런 말도 있어!

'쇠뿔 잡다가 소 죽인다.'는 어떤 것 또는 어떤 사람의 잘못을

고치려다 오히려 망친다는 뜻이야.

단군의 탄생 이야기

어느 날 환웅에게 인간이 되고 싶다는 곰과 호랑이가 찾아왔어요.

"100일 동안 쑥과 마늘을 먹고, 햇빛을 보지 말거라."

쇠뿔도 단김에 빼랬다고,

호랑이와 곰은 그 길로 동굴을 찾아 들어갔어요.

며칠이 지났을 때 호랑이는 참지 못하고 동굴을 뛰쳐나갔어요.

곰은 꼭 인간이 되겠다며 이를 악물고 끝까지 버텼어요.

어느덧 삼칠일(21일)이 지났고, 곰은 아름다운 여자가 되었어요.

호랑이는 그 모습을 보고 땅을 치며 후회했어요.

그 후에 여자가 된 곰이 환웅과 결혼하여 낳은 아들이 단군이에요.

75 수박 겉핥기

무슨 뜻일까?

수박을 먹겠다면서 껍데기만 핥고 있다는 뜻이야.

사물의 속내용은 모르고 겉만 건드리는 경우를 가리키는 말이지.

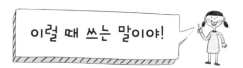

이럴 때 쓰는 말이야!

방학 내내 놀다가 개학 전날에야 독후감 숙제를 했어요.

숙제만 내면 된다고 대충 했더니, 선생님이 말씀하셨어요.

"수박 겉핥기로 책을 읽고 독후감을 쓴 친구들이 있어요.

그 친구들은 내일까지 다시 해 오세요.".

반대말이야!

'심사숙고(深思熟考)'는 오래도록 깊이 생각한다는 뜻이야.

160

고장 난 게 아니야

한 시간을 졸라서 우영이한테 게임기를 빌렸어요.

"설명서를 잘 읽어 보고 사용해."

나는 게임을 빨리 하고 싶어서 설명서를 수박 겉핥기로 읽었어요.

그런데 30분쯤 지났을 때 갑자기 게임기가 작동되지 않았어요.

나는 고장 난 게임기 때문에 잠도 제대로 못 잤어요.

다음날 우영이한테 돌려주면서 고장이 났다고 솔직하게 말했어요.

"배터리가 떨어졌네. 내가 충전기를 챙겨 줬어야 했는데……."

그제야 콩알만 해졌던 간이 정상으로 돌아오는 것 같았어요.

161

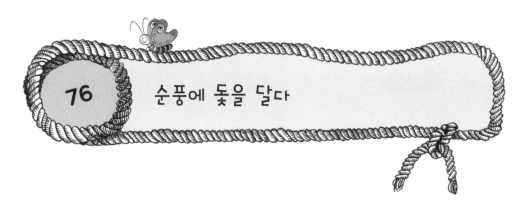

76 순풍에 돛을 달다

무슨 뜻일까?

일이 마음먹은 대로 잘 진행된다는 뜻이야.

순풍은 배가 가야 할 방향으로 부는 바람이야.

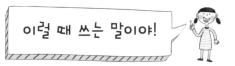

이럴 때 쓰는 말이야!

친척들이 모이자 송편을 빚기 시작했어요.

옹기종기 앉아 있는 사람 수는 많은데 속도가 나지 않았어요.

그런데 할머니가 자리에 앉자, 순풍에 돛을 달듯이 만들어졌어요.

반대말이야!

'가면 갈수록 첩첩산중이다.'는

일이 갈수록 힘들고 어려워진다는 뜻이야.

높이 날면 안 돼

다이달로스는 미노스 왕을 위해 미궁을 만든 사람이에요.

그런데 왕에게 미움을 사서 아들 이카루스와 미궁에 갇히고 말았어요.

다이달로스는 미궁에서 탈출하기 위해

새의 깃털을 모아 밀랍으로 붙여 날개를 만들었어요.

다이달로스는 날개를 달고 탈출하기 직전에 아들에게 말했어요.

"날개를 밀랍으로 붙여 만들어서 열에 약하단다.

그러니 절대로 태양 가까이 높이 날아올라서는 안 돼. 알았지?"

처음에는 순풍에 돛을 단 듯이 북동쪽으로 잘 날아갔어요.

그런데 마음이 들뜬 이카루스가

아주 높이 날아오르고 말았어요.

결국 밀랍이 녹아내려

이카루스는 바다에

떨어져 죽고 말았어요.

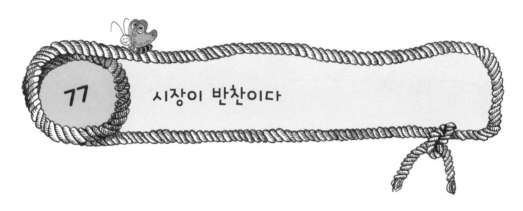

77　시장이 반찬이다

무슨 뜻일까?

배가 고프면 반찬이 없더라도 밥이 맛있다는 말이야.

여기서 시장은 '배가 고프다.'는 뜻이야.

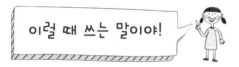

이럴 때 쓰는 말이야!

목감기에 걸려서 어제 밥을 거의 못 먹었어요.

아침에 일어났더니 배가 너무 고파 밥을 두 그릇이나 먹었어요.

시장이 반찬이라는 말이 생각났어요.

비슷한 말이야!

'만식당육(晚食當肉)'은 배가 고플 때 먹으면 무엇이든지 맛이 있어

고기를 먹는 것과 같다는 뜻이야.

164

이제 반찬 투정 안 해

어렸을 때 나는 반찬 투정이 심한 편이었어요.

그래서 밥상에 앉을 때마다 엄마랑 입씨름을 했어요.

그러던 어느 날 엄마가 선전포고를 하셨어요.

"오늘부터 반찬 투정하면 바로 밥그릇 치울 거야."

나는 저녁 식사를 하면서 엄마의 말을 깜빡 잊고

반찬 투정을 하고 말았어요.

엄마가 벌떡 일어나시더니 내 밥그릇을 치우셨어요.

결국 그날 저녁은 쫄쫄 굶어야 했어요.

 굶어 본 사람은 반찬 투정 안 해요. 난 다 잘 먹어요.

시장이 반찬이라더니,

다음날 아침 반찬은 모두 꿀맛이었어요.

그날부터 나는 절대로

반찬 투정을 하지 않게 되었어요.

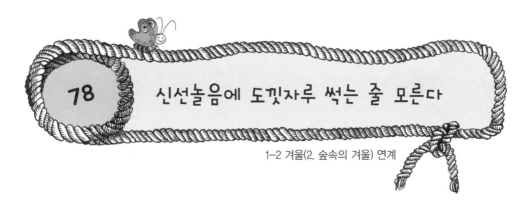

무슨 뜻일까?

아주 재미있는 일에 정신이 팔려서 시간 가는 줄 모른다는 말이야.

신선놀음이란 '신선처럼 아무 걱정 없이 즐겁게 지낸다.'는 뜻이야.

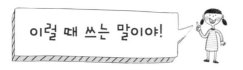

이럴 때 쓰는 말이야!

집에 엄마가 안 계시길래 얼른 컴퓨터 게임을 시작했어요.

신선놀음에 도낏자루 썩는 줄 모른다고

엄마가 집에 오셔서 무섭게 흘겨보는데도 몰랐어요.

비슷한 말이야!

'이야기 장단에 도낏자루 썩는다.'는

이야기에 정신이 팔려 시간 가는 줄을 깨닫지 못한다는 뜻이야.

166

잠깐 구경했을 뿐이야

한 나무꾼이 숲 속에서 동굴을 발견했어요.

조심스레 들어갔더니 눈앞에 아름다운 경치가 펼쳐지고,

수염이 하얀 신선이 마주앉아 바둑을 두고 있었어요.

나무꾼은 옆에 앉아 신선들이 바둑 두는 것을 구경했어요.

그러다가 이제 그만 집에 돌아가야겠다며 도끼를 집어 들었어요.

그런데 멀쩡했던 도낏자루가 썩어 있었어요.

게다가 집에 돌아갔더니 할아버지가 된 손자가 살고 있었어요.

잠깐이라고 생각했던 시간이 사실은 아주 오랜 세월이었던 거예요.

이때부터 신선놀음에 도낏자루 썩는 줄 모른다는 말이 생겼대요.

167

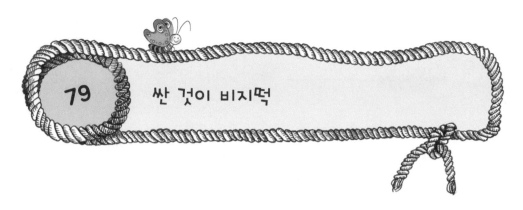

79 싼 것이 비지떡

무슨 뜻일까?

값이 싼 물건은 품질이 그만큼 나쁘다는 말이야.

비지는 '두부를 만들고 남은 찌꺼기'를 뜻해.

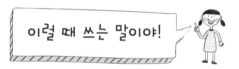

이럴 때 쓰는 말이야!

슬리퍼를 반값으로 할인하길래 사 가지고 왔어요.

싼 것이 비지떡이라고,

신은 지 하루도 안 되어서 신발 바닥이 뜯어져 버렸어요.

비슷한 말이야!

'값싼 것이 갈치자반'은 값싼 물건이 질 좋은 경우가 없다는 뜻이야.

168

황금알을 낳은 오리

한스는 오리 값이 비싸서 시장을 세 바퀴나 돌고 있었어요.

그때 저쪽에서 반의 반값을 부르는 장사꾼이 있었어요.

한스는 얼른 값을 지불하고 오리를 안고 집에 돌아왔어요.

그런데 집에 와서 보니 오리가 비틀비틀 걸었어요.

'싼 것이 비지떡이라더니, 건강하지 않은 오리였구나.'

그래도 마음씨 착한 한스는 정성껏 오리를 돌보았어요.

그러던 어느 날 오리가 알을 하나 낳았어요.

자세히 보니 알은 번쩍번쩍 황금덩어리였어요.

한스는 황금알을 시장에 내다 팔아 큰 부자가 되었어요.

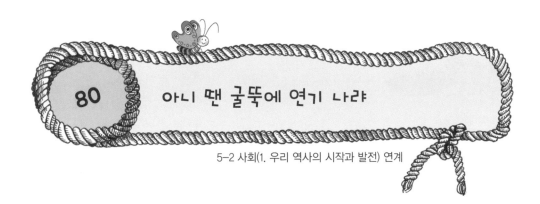

무슨 뜻일까?

아무 근거도 없이 소문이 날 리가 없다는 뜻이야.

무슨 일이든 원인이 있기 때문에 결과가 생긴다는 말이지.

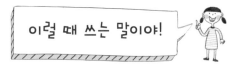

이럴 때 쓰는 말이야!

"아니 땐 굴뚝에 연기 나겠어?

규석이랑 윤호가 말다툼을 했든 몸싸움을 했든,

무슨 일이 있었으니까 그런 소문이 났겠지."

비슷한 말이야!

'콩 심은 데 콩 나고 팥 심은 데 팥 난다.'는

원인에 따라서 결과가 생긴다는 뜻이야.

서동과 선화 공주 이야기

서동은 백제 무왕의 어릴 때 이름이에요.

서동은 어려서 홀어머니를 모시며 마를 캐면서 살았어요.

그러던 중 신라의 선화 공주가 예쁘다는 소문을 듣고 경주로 갔어요.

서동은 아이들에게 마를 나누어 주면서 '서동요'를 부르게 했어요.

서동요는 선화 공주가 서동이랑 사귄다는 내용의 노래였어요.

"아니 땐 굴뚝에 연기가 나겠느냐?"

진평왕은 크게 화를 냈고, 선화 공주를 궁궐 밖으로 쫓아냈어요.

서동은 궁궐에서 쫓겨난 선화 공주와 결혼을 하였고,

그 뒤에 백제의 30대 왕인 무왕이 되었어요.

81 앓던 이 빠진 것 같다

무슨 뜻일까?

걱정하던 일이 해결되거나 없어져서 속이 후련하다는 뜻이야.

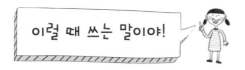

이럴 때 쓰는 말이야!

할머니가 편찮으셔서 휴가 날짜를 못 정하고 있었어요.
"이번 주에 할머니가 퇴원하신대. 휴가는 다음 주에 가자꾸나."
엄마가 앓던 이 빠진 것 같은 얼굴로 말씀하셨어요.

비슷한 말이야!

'여발통치(如拔痛齒)'는 앓던 이가 빠진 것 같다는 뜻이야.
괴롭히던 것이 없어져 시원하다는 말이지.

172

알몸이 문제가 아냐

시라쿠사의 왕이 아르키메데스를 찾아가 부탁을 하나 했어요.

"순금 왕관에 은이 섞여 있다는 소문을 확인해 주시오!"

아르키메데스는 목욕을 하러 가면서도 이 문제를 놓고 고민했어요.

그가 목욕탕에 몸을 담그자 밖으로 물이 철철 넘쳤어요.

목욕탕에서 알몸으로 뛰쳐나오며 아르키메데스가 소리쳤어요.

"유레카(알았다)!"

그는 고민이 해결되자, 앓던 이가 빠진 것 같았어요.

같은 크기의 그릇에 물을 가득 넣고

왕관과 똑같은 무게의 순금을

넣어 흘러넘친 물의 양을 비교하는

방법을 알게 되었기 때문이에요.

사흘을 앓다가
충치를 뺐더니
날아갈 것처럼
시원해.

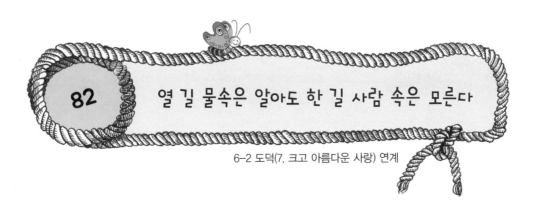

82 열 길 물속은 알아도 한 길 사람 속은 모른다

6-2 도덕(7. 크고 아름다운 사랑) 연계

무슨 뜻일까?

물의 깊이는 잴 수 있지만 사람의 마음은 재기 어렵다는 뜻이야.

여기서 '한 길'은 사람의 키 정도의 길이를 가리키는 말이야.

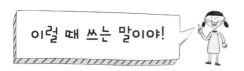

이럴 때 쓰는 말이야!

착하기로 소문난 해연이가 물건을 훔쳤대요.

"열 길 물속은 알아도 한 길 사람 속은 모른다더니,

친구들이 모두 깜짝 놀랐어요.

비슷한 말이야!

'천 길 물속은 알아도 한 길 사람 속은 모른다.'는

사람 마음은 짐작하여 알기 어렵다는 뜻이야.

기부천사는 좋아할 수밖에 없어

나는 아이돌 가수를 별로 좋아하지 않아요.

그런데 어제 '기부천사 예나'라는 인터넷 기사를 봤어요.

예쁘고 노래도 잘해서 친구들한테 인기가 많은데

나는 솔직히 예쁜 척하는 가수라고 생각했어요.

그런데 지진 피해를 입은 네팔에 1억 원을 기부했다는 기사를 읽고

예나가 좋아지기 시작했어요.

열 길 물속은 알아도 한 길 사람 속은 모른다고,

겉모습만으로 사람을 판단하면 안 되겠다고 생각했어요.

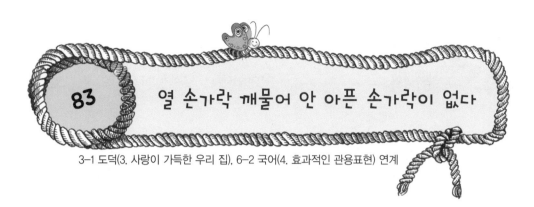

83 열 손가락 깨물어 안 아픈 손가락이 없다

3-1 도덕(3. 사랑이 가득한 우리 집), 6-2 국어(4. 효과적인 관용표현) 연계

무슨 뜻일까?

자식이 몇 명이든 부모에게는 모두 소중하다는 뜻이야.

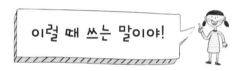

이럴 때 쓰는 말이야!

병원에 계신 외할머니가 엄마랑 외삼촌들에게 말씀하셨어요.

"열 손가락 깨물어 안 아픈 손가락이 없다고,

나는 너희 육 남매를 똑같이 사랑하면서 키웠단다.".

비슷한 말이야!

'자식 둔 골은 호랑이도 돌아본다.'는 짐승도 제 새끼를 사랑하여 그 새끼가

있는 곳을 살펴보는데, 하물며 사람은 더 말할 것이 없다는 뜻이야.

176

언니랑 나랑 정말 똑같아요?

언니는 혼자서 뭐든지 잘 해요.

숙제도 알아서 척척, 가방도 혼자서 척척 준비해요.

나는 숙제도 깜박깜박, 학교 준비물도 가물가물 할 때가 많아요.

오늘은 엄마가 챙겨 놓은 미술 준비물을 깜박 잊어버리고 갔어요.

집에 와서 엄마한테 눈물이 쏙 빠지게 혼났어요.

너무 서러워서 "엄마는 언니만 예뻐해!"라고 소리를 쳤어요.

그러자 엄마가 나를 꼭 안아 주면서 말씀하셨어요.

"열 손가락 깨물어 안 아픈 손가락이 없는 거야.

엄마는 언니랑 너랑 똑같이 사랑해."

엄마의 한마디에 마음이 풀리는 것 같았어요.

엄마가 얼마나
사랑하는지 알지?

언니는 엄지,
난 검지?

177

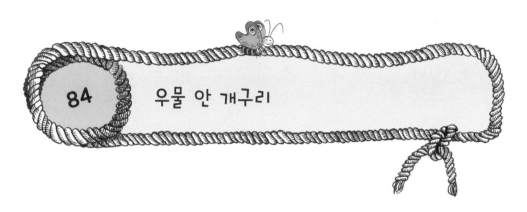

84 우물 안 개구리

무슨 뜻일까?

우물 안에 사는 개구리는 넓은 세상을 모른다는 말이야.

자기가 처한 형편만 알고 넓은 세상의 형편을 모르는 사람을 가리키지.

다른 의견을 못 받아들이고 자기의 틀 안에 갇혀 생각하는 사람을 뜻해.

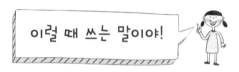

이럴 때 쓰는 말이야!

"우물 안 개구리가 되지 않으려면 여행을 많이 다녀야 한대요.

그래서 말인데요, 이번 여름 휴가는 해외로 갈까요?"

비슷한 말이야!

'정저지와(井底之蛙)'는 우물 밑의 개구리라는 뜻이야.

세상 물정을 몰라서 자기만 잘난 줄 아는 사람을 가리키지.

배울 것은 배워야지요

조선 시대의 학자 박제가는 우연히 청나라에 가는 기회를 얻었어요.

박제가는 청나라에서 자신이 우물 안 개구리였다는 것을 깨달았어요.

그는 청나라에서 새롭게 보고 배운 것들을 사람들에게 알리기 위해

《북학의》라는 책을 썼어요.

당시 조선에는 오랑캐의 나라인 청나라를 정벌해야 한다는 사람들이

많았는데, 박제가는 반대의 의견을 주장한 셈이에요.

비록 이 일로 많은 사람들과 적이 되었지만

박제가는 나라와 백성들을 위해 더욱 더 열심히 연구했어요.

배워야 합니다!

넓은 세상을 배워야 우리가 잘 살 수 있습니다!

저한테 하는 말은 아니죠?

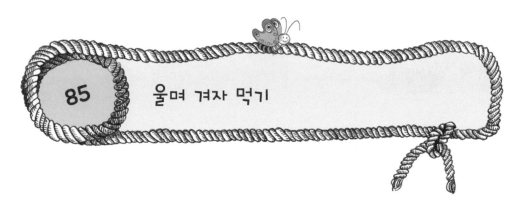

85 울며 겨자 먹기

무슨 뜻일까?

맵다고 울면서도 겨자를 먹는다는 뜻이야.

싫은 일을 억지로 할 때 쓰는 말이지.

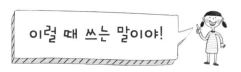

이럴 때 쓰는 말이야!

반 대표로 피구 경기에 나가면 청소를 안 해도 된대요.

난 울며 겨자 먹기로 경기에 나가겠다고 손을 들었어요.

비슷한 말이야!

'오뉴월 닭이 여북해서 지붕에 올라가랴.'는

오뉴월에 닭이 지붕을 뒤져도 나올 것이 없다는 뜻이야.

어쩔 수 없이 그런 일까지 하게 되었다는 말이지.

바나나가 오래 간 건 맞아

바나나는 눕혀 두면 바닥에 닿는 부분이 빨리 검어지고 상하지만

옷걸이에 걸어 두면 오래 간대요.

일주일 전에 바나나를 사 왔을 때 동생이랑 그 방법을 썼어요.

베란다에 있는 옷걸이에 바나나를 걸어 둔 거예요.

그런데 오늘에야 바나나가 생각나서 베란다에 나가 봤어요.

바나나가 모두 껍질이 벗겨진 채로 바닥에 떨어져 있었어요.

버리는 게 아까워서 그 자리에 앉아 울며 겨자 먹기로

바나나를 다 먹었어요.

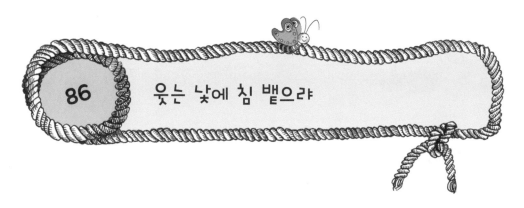

86 웃는 낯에 침 뱉으랴

무슨 뜻일까?

웃는 얼굴로 대하는 사람에게 침을 뱉을 수 없다는 뜻이야.

좋게 대하는 사람에게 나쁘게 대할 수 없다는 말이지.

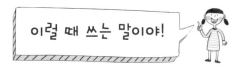

이럴 때 쓰는 말이야!

"민지가 사과를 받지 않더라도 저는 계속 잘해 줄 생각이에요.

웃는 낯에 침 뱉을 리는 없으니까요."

비슷한 말이야!

'웃는 낯에 침 못 뱉는다.'는

상대방이 웃는 얼굴로 대하는데 듣기 싫은 말을 할 수 없다는 뜻이야.

막내의 말썽은 말썽이 아닌가요?

마트에 다녀온 엄마랑 나는 깜짝 놀랐어요.

거실과 주방 여기저기에 밀가루가 뿌려져 있었기 때문이에요.

"이게 대체 무슨 일이야?"

그때 밀가루 범벅이 된 막내가 한쪽 구석에서 나왔어요.

막내는 활짝 웃는 얼굴로 말했어요.

"엄마, 우리 집에 눈 왔어. 내가 뿌려 줬어."

나는 막내가 크게 혼이 날 거라고 생각했어요.

그런데 엄마는 고개를 절레절레 흔들더니 웃음을 터뜨리셨어요.

'웃는 낯에 침 뱉으랴.'는 이럴 때 쓰는 말인 것 같아요.

87 원수는 외나무다리에서 만난다

무슨 뜻일까?

싫어하는 사람을 피할 수 없는 곳에서 우연히 만났을 때 쓰는 말이야.

외나무다리는 '한 개의 통나무로 놓은 다리'라는 뜻이지.

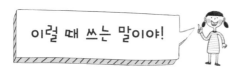

이럴 때 쓰는 말이야!

"원수는 외나무다리에서 만난다더니, 결승전에서 딱 만났군!"

친구들이 큰소리로 '가위바위보'를 외쳤어요.

가위를 낸 나는 바위를 낸 황규에게 지고 말았어요.

비슷한 말이야!

'오월동주(吳越同舟)'는 서로 원수지간이면서도 어떤 목적을 위해

어쩔 수 없이 협력하는 상태를 뜻해.

죽음도 갈라놓지 못한 로미오와 줄리엣

《로미오와 줄리엣》은 셰익스피어가 쓴 비극적인 사랑 이야기예요.

사랑에 빠진 로미오와 줄리엣의 집안은 서로 원수 사이였어요.

원수는 외나무다리에서 만난다더니,

로미오와 줄리엣 가문의 사람들이 우연히 길에서 싸움이 벌어졌어요.

급기야 로미오가 줄리엣의 사촌을 죽이는 사고가 일어나고 말았어요.

이 일로 로미오는 추방되고, 줄리엣은 로미오와 떠나기 위해

죽은 듯이 잠드는 약을 먹었어요.

잠든 줄리엣이 진짜로 죽었다고 생각한 로미오는 독약을 먹었어요.

그 후 잠에서 깨어난 줄리엣도 로미오를 따라 죽음을 선택했어요.

88 원숭이도 나무에서 떨어진다

무슨 뜻일까?

아무리 익숙하여 잘하는 일이라도 가끔은 실수할 수 있다는 뜻이야.

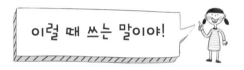

이럴 때 쓰는 말이야!

도넛을 만들면서 베이킹파우더를 넣지 않아 망쳐 버렸어요.

울상이 된 나에게 엄마가 말씀하셨어요.

"원숭이도 나무에서 떨어지는 거야. 괜찮아."

비슷한 말이야!

'천려일실(千慮一失)'은 지혜로운 사람도 많은 생각을 하다 보면

하나쯤은 실수가 있을 수 있다는 뜻이야.

실수 한 번 안 한 사람은 없어

자메이카의 우사인 볼트는 100미터를 9초 58 만에 달릴 수 있어요.

그는 남자 100미터 세계 기록, 남자 200미터 세계 기록,

남자 400미터 계주 세계 기록을 보유하고 있어요.

얼마나 빠른지 별명도 '라이트닝 볼트'예요.

그래서 우사인 볼트가 경기에 출전한다고 하면

전 세계의 사람들이 신기록을 기대한답니다.

원숭이도 나무에서 떨어지는 것처럼

이런 우사인 볼트도 실수를 한 적이 있어요.

2011년 세계육상선수권대회에서 부정 출발로 실격을 했거든요.

대회에 수백 번 출전했던

그에게는

어처구니 없는 실수였지요.

2011
대구세계육상선수권대회

앗!
어째 이런
일이……

출발 신호
안 났어!

89 은혜를 원수로 갚는다

무슨 뜻일까?

도움을 받아 은혜를 갚아야 하는 상황인데
오히려 피해를 끼친다는 뜻이야.

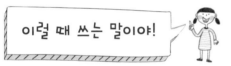
이럴 때 쓰는 말이야!

"네가 용돈 떨어졌을 때 내가 떡볶이도 사 줬잖아.
은혜를 원수로 갚는다더니,
회장 선거에서 어떻게 서영이 편을 들 수 있니?"

비슷한 말이야!

'배은망덕(背恩忘德)'은 은혜를 잊고 배신을 한다는 뜻이야.

은혜랑 봇짐은 아무 상관이 없다고?

지나가던 김 생원이 강물에 빠진 사람을 밖으로 끌어 내었어요.

물에 빠졌던 사람은 한참 기침을 하더니, 김 생원에게 말했어요.

"정말 고맙습니다. 그런데 제 봇짐은 못 보셨나요?"

"어쩌지요? 저도 정신이 없어 봇짐은 못 챙겼습니다."

"봇짐을 잃어버렸다고요? 그러면 당신 봇짐이라도 내놓아야지요."

"물에 빠진 사람을 건져 주었더니 봇짐을 내놓으라니!

은혜를 원수로 갚는 사람이 여기 있네 그려!"

김 생원은 기가 막혀 말이 나오지 않았어요.

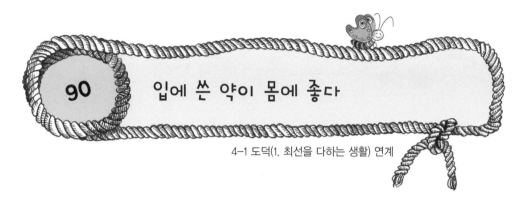

90 입에 쓴 약이 몸에 좋다

4-1 도덕(1. 최선을 다하는 생활) 연계

무슨 뜻일까?

남들에게 듣는 충고나 비판은 싫지만
그것을 잘 받아들이면 큰 도움이 된다는 뜻이야.

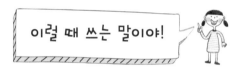

이럴 때 쓰는 말이야!

입에 쓴 약이 몸에 좋다는 말은 저도 잘 알아요.
하지만 운동해서 살 빼라는 말은 더 이상 듣고 싶지 않아요.
제가 알아서 뺄 테니까 이제 그만하세요.

비슷한 말이야!

'귀에 거슬리는 바른 말은 몸과 마음을 닦는 숫돌이라.'는
듣기 싫은 말을 잘 받아들이면 자신에게 이롭다는 뜻이야.

네가 변한 건 좋은데 심심해

재훈이는 운동도 잘하고, 성격도 좋고,

친구들한테 인기도 많아요.

그런데 머리 좋은 것만 믿고 공부를 안 한다는 말을 많이 들어요.

어느 날 선생님도 한마디 하셨어요.

"재훈아, 머리가 좋아도 노력하지 않으면 아무 소용이 없단다."

입에 쓴 약이 몸에 좋다는 말이 맞는 것 같아요.

재훈이는 선생님 말씀을

듣고 기분이 나빠 보였지만

어느새 수업 태도가

확 바뀌었거든요.

수업 시간에

장난치는 친구가

없어서 심심할

정도라니까요.

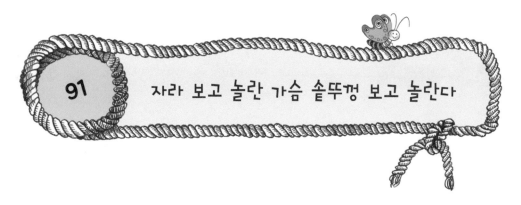

91 자라 보고 놀란 가슴 솥뚜껑 보고 놀란다

무슨 뜻일까?

무언가를 보고 몹시 놀란 사람은 비슷한 것만 봐도 놀란다는 뜻이야.

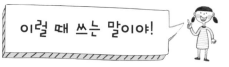

이럴 때 쓰는 말이야!

주방에서 '빵!' 하는 소리가 나서 깜짝 놀랐어요.

언젠가 주전자가 터진 적이 있었거든요.

알고 보니 아빠의 방귀 소리였어요.

자라 보고 놀란 가슴 솥뚜껑 보고 놀란 셈이지요.

이런 말도 있어!

'토끼가 제 방귀에 놀란다.'는 몰래 저지른 일이 걱정되어

자기 방귀 소리에도 깜짝 놀란다는 뜻이야.

저 나풀거리는 게 뭐야

시골에 있는 할머니 댁은 화장실이 바깥에 있어요.

언젠가 밤에 화장실에 가려고 일어난 적이 있어요.

화장실 문을 열었더니 새하얀 것이 나풀거리고 있었어요.

깜짝 놀라서 "꺄아악!" 하고 비명을 질렀어요.

주무시다가 뛰어나온 엄마가 내가 가리킨 걸 보고 말씀하셨어요.

"아니, 휴지를 보고 놀라면 어떡하니?

자라 보고 놀란 가슴 솥뚜껑 보고 놀란 꼴이구나."

자세히 보니 휴지가 길게 풀려서 나풀거리고 있었어요.

92 작은 고추가 맵다

무슨 뜻일까?

겉보기와 다르게 작은 사람이 때에 따라 키 큰 사람보다
더 뛰어날 수 있다는 뜻이야.

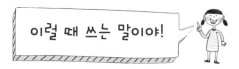

이럴 때 쓰는 말이야!

동전 크기만큼 작은 양배추가 있는데,
비타민 C와 무기질이 풍부해서 영양가가 아주 높대요.
작은 고추가 맵다더니 작다고 무시하면 안 되겠어요.

비슷한 말이야!

'봄추위가 장독 깬다.'는 따뜻한 봄철에도 의외로 사나운 추위가 있다는
뜻이야.

다윗과 골리앗 이야기

블레셋에는 키가 3미터인 골리앗이라는 장수가 있었어요.

이스라엘 군사들은 무시무시한 골리앗 때문에 두려움에 떨었어요.

그때 양치는 소년이었던 다윗이 전쟁터에 찾아왔어요.

아버지가 전쟁터의 형들에게 빵을 가져다주라고 심부름을 시켰거든요.

전쟁터에서 다윗은 거인 골리앗과 대결을 하겠다고 나섰어요.

많은 사람들이 말렸지만 다윗의 고집을 꺾을 수 없었어요.

다윗은 주머니에 돌멩이 다섯 개를 넣고 골리앗 앞에 섰어요.

그리고 골리앗이 걸어올 때 재빨리 돌을 꺼내 이마를 맞혔어요.

날아간 돌은 골리앗을 기절시켰고,

다윗은 작은 고추가 맵다는 걸

제대로 보여 주었어요.

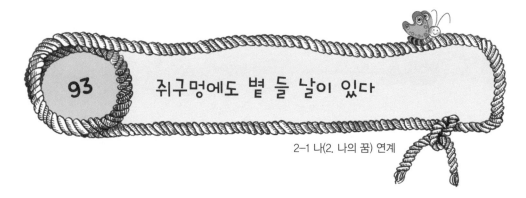

93 쥐구멍에도 볕 들 날이 있다

2-1 나(2. 나의 꿈) 연계

무슨 뜻일까?

몹시 고생을 하는 삶에도 언젠가 행운이 찾아올 날이 있다는 뜻이야.

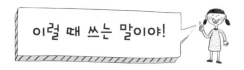

이럴 때 쓰는 말이야!

나는 쥐구멍에도 볕 들 날이 있다는 말을 믿어요.

언젠가는 나에게도 용돈이 넘치는 날이 올 거예요.

그날이 오면 친구들을 불러서 피자 파티를 열 거예요.

비슷한 말이야!

'고생 끝에 낙이 온다.'는 어려운 일을 겪은 뒤에는 좋은 일이 생긴다는

뜻이야.

꿈을 포기하면 안 돼요

《해리포터》를 쓴 조앤 롤링은 어려서 꿈 많은 문학 소녀였어요.

그녀는 아주 가난한 생활 속에서도 꿈을 잃지 않았어요.

종이가 없어 종잇조각이나 냅킨에 글을 쓸 정도로 가난했대요.

그녀가 쓴 《해리포터》는 전 세계적으로 큰 인기를 끌었어요.

그 후 《해리포터》는 영화로도 만들어졌고, 테마파크도 만들어졌어요.

가난한 작가였던 조앤 롤링은 순식간에 백만장자가 되었어요.

쥐구멍에도 볕 들 날이 있을 것이라 믿고

꿈을 포기하지 않고 노력한 덕분이에요.

아직 해리포터
안 읽은 친구 있나요?
영화로 봐도
재밌어요.

저도 곧
마법 학교에
들어가요.

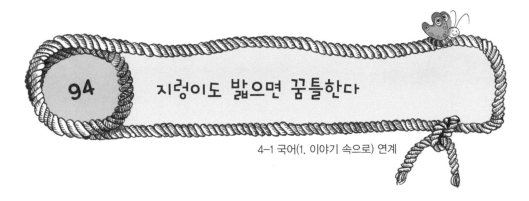

94 지렁이도 밟으면 꿈틀한다

4-1 국어(1. 이야기 속으로) 연계

무슨 뜻일까?

아무리 순하고 착한 사람도 무시하고 업신여기면 화를 낸다는 뜻이야.

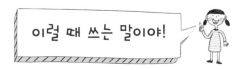

이럴 때 쓰는 말이야!

"내 동생은 순해서 평소에는 화를 잘 안 내요.

그런데 지렁이도 밟으면 꿈틀한다고

몰래 일기장을 훔쳐 봤다가 얼마나 꼬집혔는지 몰라요."

비슷한 말이야!

'쥐도 궁지에 몰리면 고양이를 문다.'는 아무리 힘이 없는 사람도

위험한 상황에 처하면 반항을 하게 된다는 뜻이야.

198

계속 이러면 못 참아

명훈이는 착하고 말이 별로 없는 아이예요.

그래서 아무 말도 없이 물건을 빌려 가는 아이도 있고,

지나가면서 괜히 툭툭 치는 아이도 있어요.

어느 날, 주완이가 명훈이의 공책 사이에서 여자 사진을 발견했어요.

"오호, 네 여자 친구야? 누구야?"

얼굴이 빨개진 명훈이가 화를 내며 소리쳤어요.

"우리 누나 사진이야! 빨리 내 놔!"

지렁이도 밟으면 꿈틀한다더니, 반 아이들이 깜짝 놀랐어요.

주완이는 미안하다며

얼른 사진을 돌려주었어요.

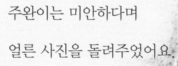

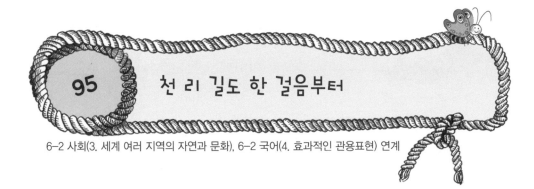

95 천 리 길도 한 걸음부터

6-2 사회(3. 세계 여러 지역의 자연과 문화), 6-2 국어(4. 효과적인 관용표현) 연계

무슨 뜻일까?

위대한 일도 작은 일에서부터 시작한다는 뜻이야.

무슨 일이든 그 일을 시작하는 게 중요하다는 말이지.

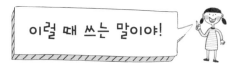

이럴 때 쓰는 말이야!

화가가 꿈인 내게 선생님이 말씀하셨어요.

"천 리 길도 한 걸음부터야.

무엇이든 연습장에 그림 그리기부터 시작하렴."

비슷한 말이야!

'시작이 반이다.'는 무슨 일이든 시작이 어렵지

일단 시작하면 끝마치기는 어렵지 않다는 뜻이야.

피라미드는 어떻게 만들었을까?

고대 이집트 시대의 피라미드는 세계 7대 불가사의 중 하나예요.

지금까지 발견된 피라미드는 140여 개예요.

그중에서 가장 큰 피라미드는 무려 148미터인데,

40층짜리 건물 높이 정도가 된대요.

피라미드는 1311년 영국의 링컨 대성당이 지어질 때까지

인류가 만들어 낸 가장 높은 건축물이었어요.

현대식 기계를 사용하지 않고 피라미드를 어떻게 만들어 냈을까요?

천 리 길도 한 걸음부터라고 많은 사람들이 차근차근

아주 오랜 시간 동안 쌓은 거겠죠?

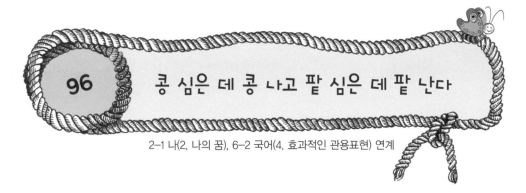

96 콩 심은 데 콩 나고 팥 심은 데 팥 난다

2–1 나(2. 나의 꿈), 6–2 국어(4. 효과적인 관용표현) 연계

무슨 뜻일까?

모든 일은 원인이 있고, 그에 따라 결과가 나타난다는 뜻이야.

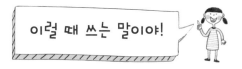

이럴 때 쓰는 말이야!

점심을 먹고 아빠랑 소파에 길게 누워서 TV를 보고 있었어요.
엄마가 "콩 심은 데 콩 나고 팥 심은 데 팥 나지."라고 하시자,
아빠가 일어나서 설거지를 시작하셨어요.

비슷한 말이야!

'가시나무에 가시가 난다.', '대나무에서 대나무가 난다.'는
원인에 따라 결과가 나온다는 뜻이야.

꿈을 위한 노력은 헛되지 않아

박지성은 처음부터 유명한 축구 선수는 아니었어요.

하지만 국가 대표가 되겠다는 꿈을 가지고 훈련을 열심히 했어요.

히딩크 감독은 그런 박지성 선수를 한눈에 알아보았어요.

유명한 선수들을 제치고 박지성 선수를 국가 대표로 뽑자,

많은 사람들이 의외의 선택이라고 말했어요.

하지만 박지성 선수는 월드컵 무대에서 엄청난 활약을 했고,

우리나라가 4강까지 올라가는 데 큰 역할을 했어요.

콩 심은 데 콩 나고 팥 심은 데 팥 나는 것처럼

그동안의 노력이 마침내 빛을 발한 것이지요.

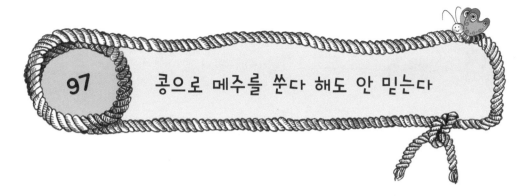

97 콩으로 메주를 쑨다 해도 안 믿는다

무슨 뜻일까?

평소에 거짓말을 많이 해서 믿을 수 없다는 뜻이야.

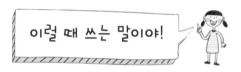

이럴 때 쓰는 말이야!

동생은 숙제를 다 했다면서 게임을 시작했어요.

엄마는 동생이 <u>콩으로 메주를 쑨다 해도 안 믿는다</u>고 하셨어요.

숙제 검사를 했더니 정말로 거짓말이었어요.

반대말이야!

'콩을 팥이라 해도 곧이듣는다.'는

남의 말을 곧이곧대로 잘 믿는다는 뜻이야.

심한 장난은 장난이 아니야

양치기 소년은 너무 심심해서 장난을 쳤어요.

"늑대다! 늑대가 나타났다!"

마을 사람들이 달려왔다가 헤헤 웃는 소년을 보고 화를 냈어요.

양치기 소년은 장난에 속아 달려오는 사람들이 너무 우스웠어요.

그래서 심심할 때마다 "늑대가 나타났다!"라고 외쳤어요.

그때마다 마을 사람들은 허탕을 치고 돌아갔어요.

그러던 어느 날 정말로 늑대가 나타났어요.

양치기 소년이 도와 달라고 외쳤지만 사람들은 나타나지 않았어요.

양치기 소년의 말은 콩으로 메주를 쑨다 해도 안 믿게 된 거예요.

결국 늑대가 양을 모두 잡아먹을 때까지

아무도 오지 않았어요.

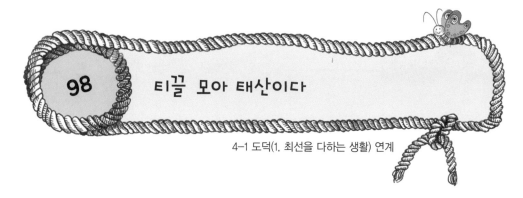

98 티끌 모아 태산이다

4-1 도덕(1. 최선을 다하는 생활) 연계

무슨 뜻일까?

아주 작고 사소한 것도 모이면 큰 것이 된다는 뜻이야.

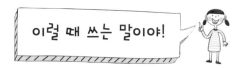

이럴 때 쓰는 말이야!

티끌 모아 태산이라더니,

100원, 200원씩 모았던 저금통이 어느새 가득 찼어요.

저금통을 열어 세었더니 95,200원이나 되었어요.

비슷한 말이야!

'마부작침(磨斧作針)'은 도끼를 갈아 바늘을 만든다는 뜻이야.

꾸준히 노력하면 결국 뜻을 이루게 된다는 말이지.

나무를 심는 사람

거대한 숲 주변에 작은 도시가 있었어요.

그 도시의 욕심 많은 사람들이 나무를 베어다 팔기 시작했어요.

결국 숲의 나무가 모두 사라졌고, 황무지가 되어 버렸어요.

그러던 어느 날, 한 사람이 황무지에 도토리를 심기 시작했어요.

그는 하루도 빠지지 않고 도토리 100개씩을 심었어요.

사람들은 헛수고를 한다며 비웃고 손가락질했어요.

하지만 시간이 흐르면서 황무지는 점점 숲으로 변해 갔어요.

"티끌 모아 태산이라더니, 엄청난 일이 벌어졌군요!"

결국 사람들이 모여들었고 다시 큰 마을을 이루게 되었어요.

무럭무럭 자라렴.
다람쥐가
친구 하자고
찾아올 거란다.

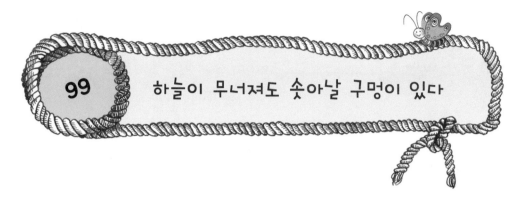

99 하늘이 무너져도 솟아날 구멍이 있다

무슨 뜻일까?

아무리 어려운 상황에 처하더라도 살아 나갈 방법이 있다는 뜻이야.

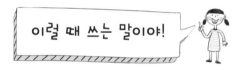

이럴 때 쓰는 말이야!

엄마 생신이 코앞인데 모아 둔 용돈이 없었어요.
하늘이 무너져도 솟아날 구멍이 있다더니,
한 달 전에 동생에게 빌려준 돈이 생각났어요.

비슷한 말이야!

'호랑이에게 물려 가도 정신만 차리면 산다.'는 아무리 위급한 상황에
처하더라도 정신을 똑바로 차리면 위기를 벗어날 수 있다는 뜻이야.

내 혹이 노래 주머니야

혹부리 영감이 산에 올랐다가 빈집에서 하룻밤을 보내게 되었어요.

혹부리 영감은 무서움을 떨쳐 내려고 노래를 시작했어요.

우연히 노래를 엿들은 도깨비가 영감에게 물었어요.

"나도 노래를 잘 부르고 싶어. 비결을 알려 주면 살려 주지."

딱히 비결이 없었던 혹부리 영감은 어떻게 말해야 할지 몰랐어요.

'하늘이 무너져도 솟아날 구멍이 있어. 뭐라고 하면 좋을까?'

아하, 갑자기 좋은 생각이 떠올랐어요.

"노래는 바로 이 혹에서 나온단다. 내 노래 주머니거든."

도깨비는 도깨비 방망이를 뚝딱 두드려 혹을 떼어 갔고,

혹부리 영감은 신이 나서

마을로 내려왔어요.

내 노래
들었잖니?

이제
슈퍼스타K
나가자!

정말 노래
주머니 맞아?

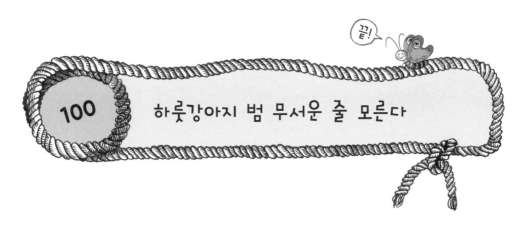

100 하룻강아지 범 무서운 줄 모른다

무슨 뜻일까?

철이 없어 뭘 모르고 함부로 덤빈다는 뜻이야.

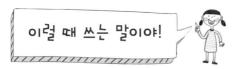

이럴 때 쓰는 말이야!

다섯 살짜리 아이가 지나가는 중학생에게 "야!"라고 말했어요.
중학생이 어이없다는 표정을 짓더니 아이에게 물었어요.
"하룻강아지 범 무서운 줄 모른다더니, 너 몇 살이니?"

비슷한 말이야!

'당랑거철(螳螂拒轍)'은 사마귀가 버티고 서서
수레바퀴를 가로막는다는 뜻이야.
자기의 힘을 헤아리지 않고 힘센 사람에게 함부로 덤빈다는 말이지.

6학년이 되면 다 그래?

"오늘 6학년 형이 선생님한테 대들어서 엄청 혼났어요.

선생님이 무섭지도 않나 봐요.

점심시간에 몰래 나가서 과자를 사 먹는 형도 있대요."

엄마가 빙긋 웃으며 말씀하셨어요.

"하룻강아지 범 무서운 줄 모르는 거지.

초등학교에서 최고 학년이라고 뻐기는 모양이구나.

그런데 졸업하고 중학교 1학년이 되면 다시 순한 양이 된단다."

"저는 6학년이 돼도 절대 그러지 않을 거예요."

"엄마도 그럴 거라고 생각한단다."

찾아보기

이 속담은
몇 학년 교과서에 나올까요?

교실에서 알아야 할 기본 속담

어휘력 점프 4

이해력이 쑥쑥 교과서 속담 100

초판 1쇄 발행 2015년 9월 15일
초판 22쇄 발행 2024년 5월 9일

글쓴이 이지연
그린이 이예숙
펴낸이 김옥희
펴낸곳 아주좋은날
기획편집 이미숙
교정교열 용진영
표지 디자인 파피루스
마케팅 양창우, 김혜경

출판등록 2004년 8월 5일 제16 – 3393호
주소 서울시 강남구 테헤란로 201, 501호
전화 (02) 557 – 2031
팩스 (02) 557 – 2032
홈페이지 www.appletreetales.com
블로그 http://blog.naver.com/appletales
페이스북 https://www.facebook.com/appletales
트위터 https://twitter.com/appletales1
인스타그램 @appletreetales
　　　　　　@애플트리태일즈

ISBN 978 – 89 – 98482 – 70 – 1 (64810)
ISBN 978 – 89 – 98482 – 36 – 7 (세트)

아주 좋은 날 은 애플트리태일즈의 실용··아동 전문 브랜드입니다.

어린이제품 안전특별법에 의한 기타 표시사항
품명 : 도서 | 제조 연월 : 2024년 5월 | 제조자명 : 애플트리태일즈 | 제조국 : 대한민국
사용연령 : 8세 이상 | 주소 : 서울시 강남구 테헤란로 201, 5층(02–557–2031)